DEGENERADO

romance

Ariana Harwicz

DEGENERADO

romance

TRADUÇÃO
Silvia Massimini Felix

instante

A mente é como um trenó imundo que nos arrasta por maus caminhos e deixa rastros para sermos capturados, cale a boca e diga por que passou a mão nela, por que a enfiou dentro de casa para lhe falar sobre pássaros e abelhas. Quando está assim diante de um troféu, e ainda mais se tiver chance, nota-se que é assanhado e asqueroso como um infectado e dá voltas, voltas, pega as latinhas de cerveja deixadas pelos outros, se arrasta, se perde, parece uma criança malcriada, mas, se não, te juro que costuma ser um vizinho exemplar, garanto, gendarme, um vizinho sem conversa fiada, um homem normal, se até foi ele que nos ajudou com toda a instalação elétrica daqui, antes isto aqui era um pulgueiro. Seu rosto se transforma, os olhos assim esbugalhados, com hematomas, parece que está vendo um expositor de frango assado quando o agarra, gendarme, não acredite em nada em sua defesa, e pensar que era nosso vizinho mais legal, tenho tantas histórias com ele, tenho fotos, vídeos, posso mostrar pra vocês, os verões juntos, não dá pra acreditar, uma vez entramos no mar e pegamos conchinhas, outra vez navegamos num veleiro até anoitecer, fizemos tantas rotas juntos em jipes e a camelo, ele vinha ao meu jardim, comia nos meus pratos, bebia nas minhas taças, não é possível que seja ele. Eu o via andando encurvado pra cima e pra baixo na calçada com os olhos fixos na lua, sempre me pareceu suspeito. Também me tiravam do berço em plena noite, sempre disfarçados, me sacudiam como uma palmeira num tufão, me levavam ao campo vazio, escuro, ventoso, a neve horizontal me impedia de ver as cercas, e eu dava um grito horripilante.

Por que você se aliviou com alguém que mal tinha começado a andar? Qual a necessidade? Por sorte se afastou naquele verão repugnante, gelatinoso, como todo este vilarejo, como toda esta multidão cheirando a camponeses disciplinados, a aldeões feitos em série, alinhados, marchando fracos, assustados, cabisbaixos, qual a diferença entre um deles e um roedor preso na armadilha da despensa, o queijo no focinho, ou um cavalo enfiando a língua na piscina de plástico para beber água, nenhuma exceto que alguns têm carteira de motorista. Por sorte os gatos começam a morrer com a onda de calor e, quando as geadas chegam, eles já estão com os órgãos seriamente danificados, saem com os olhos roxos, arranham as janelas, deixam-se esmagar por furgões e rebocadores. Ele os deixava sucumbir, do outro lado da janela, à sombra e à neve, nós percebíamos isso, mas ele parecia um senhor tolerável, há pessoas que mesmo sendo normais têm seus vícios. Nós te vimos chegar ao povoado como um homem carregando tochas e pás, nós te vimos semear os madrigais, a horta, construir seu refúgio, deixar-se cortejar por alguma vizinha, e olhe só. Por que você fez isso conosco, ainda tem gente que gosta de você, não pode ser verdade, é um povoado inteiro que sofre e foi enganado. Você cobiça todas as garotas que brincam de esconde-esconde nos matagais? Você quer montar para elas armadilhas de coelhinhos? Quer lhes oferecer balas de anis? Ele viu todas elas crescerem. Ele viu nossos filhos crescerem. Ele estava presente nos batizados e nas salas das parturientes, nas celebrações nos galpões com grinaldas e alto-falantes. Ele viu nossos filhos caindo ao dar os primeiros passos, uma vez até resgatou um deles lá do alto de um tobogã enquanto a mãe trabalhava no centro. As vizinhas não param de chorar desde que ficaram sabendo. No fundo esperam que seja mentira, estão em choque, dizem que seus filhos o adoram, pedem que lhes faça cavalinho, que lhes faça tirar um cochilo, e como se explica a uma criança que não deve querer, como se diz a ela, gendarme, como se diz a uma criança que aquele vizinho de quem ela tanto gosta é um criminoso. Que chateação que eles se acham tão astutos ao me caçar, eu deveria ter comprado esses vidros contra furacões, conseguido boa madeira no monte que dá para a saída pavimentada e tapado para sempre todas as entradas.

Instalaram-se lá fora e me penduraram pelado junto a um asno, você gosta dos bichos, hein, você gosta dos dentinhos dos animaizinhos e da lã das ovelhas, quanto mais peludo melhor, hein, te viram por aí andando com os bichos. Vão ficar esperando que a escuridão vá embora, vão armar acampamento e estarão ali quando meus olhos se virarem. Vamos botar fogo na sua casa, com você aí dentro, com essa pianola, tudo vai queimar. Outros, ao contrário, me atiçam ao crime, defendem minha bondade, as mulheres me trazem biscoitos de aveia e alguns sinais de amor fanático. Calcinhas na cerca viva, beijos de batom pegajoso em envelopes de papel. Vou lhes dizer exatamente o que há no meu coração mas antes me deixem passar para fechar o curral, pois tenho que acender o botijão antes do toque de recolher. Estou rodeado de pequenos mosquitos que parecem dentes, quando não venta nem chove, tudo se enche de moscas-varejeiras. Aí ficam fuçando na minha despensa e levam embora todos os meus ovos quentes, minhas verduras, e os atiram contra a cerca e as rosas, mas pra que gastar saliva, o que isso importa com os faróis das viaturas no cangote. Por ora estou a salvo na minha cabana, não existe música alegre assim como não existe vida alegre. Olho para a névoa opaca, o amor é outra coisa, não se pode controlar, olho para a névoa densa, é o que tento lhes dizer com o cinturão de explosivos.

Um bocado de gente se amontoa diante do meu portão, nunca pensei que eram tantos por aqui, há mais deles do que no último festival de música e dança no dia do vinicultor, mais do que no mercado quando há sobras de peixe e correm em direção a elas, suspenderam todas as tarefas domésticas ou eu lhes pareço a melhor atração do domingo. Uma pichação no meu muro com o lance do abuso e um escabroso desenho de burro. Em outros, um cartaz com um velho fornicando uma cabra e pegando-a pelos chifres. Esta gente tem muita classe. Ninguém me perguntou mas sou filosoficamente de direita, politicamente anarquista, quero os soldados avançando com as pernas dentro do pântano e os disparos no ar. RRRRRRRRRR atirar pra todo lado. A elite bem pensante lê Genet porque está bem morto, lembram-se de Céline e visitam sua casa de campo como um mausoléu porque ele terminou na pobreza, e Kerouac, mas esse não aguentariam nem por um segundo, Malcom Lowry, afugentariam a chutes o tão adulado, pelo olho mágico o farejariam e não lhe abririam a porta numa ceia de Natal nem sob ordens policiais. O Wild Turkey duplo enquanto não fizer estragos, veem documentários sobre nazistas e visitam o Memorial da Shoah em honra aos seis milhões porque já sucumbiram, a história passada em outro século, a história mentirosa dos bebês e dos crânios das mães na primeira linha da fossa para economizar balas. Desdenham do antissemitismo de hoje com os *Juden* nos negócios de Saint-Honoré e os tributos aos escravos e que merda a escravidão, os negros limpando suas espreguiçadeiras com a outra mão livre. Não existe compaixão, assim como não existe clandestinidade. Lincha-se um imigrante de dez anos porque roubou, lincham-no todos juntos, causa comum, justiça do patrão. Apedreja-se, lapida-se, sova-se, sodomiza-se. Mas isso não é o que eu quero dizer. Como os europeus deste novo século agradecem, como usam bem a fórmula, fazem as curvas devagar; respeita-se a velocidade máxima e sussurra-se nas cabines, essas ecológicas e austeras são mais lixo que as outras não adaptadas sem papel. São mais avaros do que as outras raças e deixam cascas de banana no chão do *Aires d'autoroute*. E os israelitas aburguesados que calam quando se deve calar. Mas isso está longe do que eu quero dizer, perdão, falar é uma questão de rigor, é preciso reprimir, é preciso se guardar, é preciso ajustar o cinto das palavras, governar o timão, selecionar o que se pensa e ter a coragem de descartar cada palavra que não seja justa.

Dentro de pouco tempo virá a demissão, o caminhão do correio estaciona com o motor ligado na minha porta e só me restará ir buscar o envelope com as palavras obscenas; Estimado senhor, dois-pontos. Lerão para mim o pedido formal de me tirar o trabalho e ficarei mais dez dias chocando na cadeira de balanço até ser um ancião. Recuso-me a terminar vagando num asilo da periferia balançando as mãos. À direita, à esquerda. À esquerda um passinho, à direita. Pego as caixas com garrafas de álcool, deixam-nas na minha porta, ando até os latões de lixo e, à medida que avanço a passo lento, um cachorro atrás de uma grade ladra para mim como se eu fosse um sequestrador, outro vem conferir meu cheiro, a caixa goteja conhaque em cima do meu sapato e na minha calça de veludo cotelê. Vizinhos drogados, se querem ingerir desinfetante da manhã até a noite, se querem acordar com a mão enfiada na garrafa que depois metem no cu, que não as deixem na porta da minha casa. Toda manhã eu jogo uma por uma as garrafas no buraco de plástico, as mãos sujas, e volto com um dedo ferido e pestilento. Ida e volta, três viagens, e amanhã deixarão mais caixas no meu portão. Da garganta pra fora é tudo tão vicioso depois dos setenta, quando o balde com seus excrementos cai em cima de você, te dizem aqui estamos vovozinho, eis aqui a sociedade ilustrada pra te ajudar porque te amamos, com essa voz suave você cai no sufoco de que alguém mais possa te escutar, o outro oferecendo ao veterano um bom plano financeiro para o asilo, um empréstimo, porque te amam, isso sim, porque te respeitam, vovô. Lavo as mãos na minha memória e acendo a luz pela primeira vez em todo o dia. Não me importo nem um pingo com os retardatários, é melhor passar dos limites do que ficar para trás, é melhor ser pendurado pelas bolas e se eu resistir eles param; e, se não, ao rio. A delegação da França regida por Louis Aragon preferia Stálin a Proust, a delegação aprova e elogia o gulag em público. Estou disposto a morrer por Stálin, se fosse preciso dar-lhe nossos pulmões, nós lhe daríamos nossos pulmões. A filha dizendo, se meu pai gosta de mim, não me importa que o resto do mundo me odeie. Escolher a vítima, preparar o golpe, satisfazer uma vingança e ir dormir. Stálin formula o ódio melhor que ninguém, inventa o Camarada para o seu século, obrigado, camarada! Já estou na minha carteira de aluno. Lá fora os vizinhos fazem uso da criatividade a favor e contra. Os que me odeiam de um lado da trincheira, os que acreditam na minha inocência do outro, e entre eles a luta campal.

Todo amor é um crime, mas como eu poderia viver sem isso. A névoa voltou. Eu era o único que queria uma vida envelhecendo a seu lado e ela me admirando. Às vezes penso que, quando eu estava lá dentro no meio da noite, ela queria se abrir rápido, abrir a vagina de uma vez pra me conhecer, pra me cingir, pra me abortar. Alguém já foi moído com uma rocha afiada e seca numa tarde perto do claustro?, alguém aí fora já levitou como um monge sobre um colchão de molas num castelo do século XV?, quem se animou a ficar de quatro com os joelhos gravados na pedra calcária esperando que um cachorro o montasse? Então não viveram nada, o que é pior do que ser acusado por seu *village*, o que é pior do que ser incriminado e sair nos noticiários do município. O que é pior do que ser um estrangeiro até na lápide. Nós nos jogávamos na nevasca e entrávamos nas capelas para pedir clemência, a felicidade existia então como forma pura por uma única vez.

Vou lhes dizer agora o que há no meu coração, não digam que estou embriagado. Não sou Júlio César, não sou o Marechal Foch, não sou sequer De Gaulle, nisso estamos de acordo, mas tenho coragem. Agora que baixou como uma bandeira à meia haste o dia de luto, a tarde sobre o céu, agora que tropeço vou sair para dar de comer na boca dos meus bichinhos, das minhas quatro raposas escondidas do outro lado da grade. Elas se mantêm vigilantes, são raposas melhoradas da sua espécie, vocês continuam entrincheirados. Vou sair com meu cinturão de explosivos. Alternem-se para gritar porque não se entende nada, vão com calma no ódio, experimentem me insultar um por um, peço um mínimo de ordem, primeiro os que querem me ver enforcado, depois os que proclamam o princípio de inocência, que a Lei sentencie, tá. A velhice pode ser o mais resplandecente e precioso ressarcimento, olhem se não. Não estou bêbado, não estou nem mijado nem cagado, não estou com o saco à vista, não tenho nada postiço e o zíper da minha calça está fechado. A massa humana conjugada à sua luta por causas e reivindicações sociais dá uma imagem exata da idiotice das pessoas. Deixam seus papeizinhos na estrada, acampam à sombra das minhas árvores, exigem justiça social com cartazes e palavras floridas mas dentro do lar são a pior praga.

Sair em meio à garoa de tigela nas mãos com pão e outras sobras, leite vencido, restos de uma papa, dando pulos sobre as lajotas para não patinar. Eles riem e aplaudem quando resvalo e caio salvando a tigela. Consigo chegar à cancela presa com um arame, deixo colérico a tigela no pasto, os outros lá atrás com a boca fechada cortando a única rua do *village*. Esses fanáticos não me viram sair, senão pulariam a cerca. Atiro a mistura na boca dos bichinhos nas suas jaulas, não posso remover a terra insalubre, não posso deixá-los correr embora estejam se atrofiando, vamos ver se algum policial civil os rouba de mim. Para as galinhas atiro os grãos do alto, elas ficam loucas se lançando em cima deles, chocam-se entre si, perdem as asas, ficam tortas com os parasitas à vista. Não me restam mais que três salsichões para dar às minhas raposinhas, pulem alto, assim é que eu gosto, que pobrezinhas, uma salsicha cada uma, eu disse, um ossobuco cada uma e sempre vem Glenn que arranca a comida do focinho das outras com uma mordida e as deixa mortas de fome. Não sei como faz para tirar a comida delas enquanto salivam, teria que aprender com ele. Se eu não eletrificasse o portão, seriam todas esgoeladas.

Os gritos seguem seu curso como o ruído de um navio que se aplana, por menos um homem escalpelou a cabeça e o pescoço de um filhote de três meses e o atirou à rua. Já não podemos esperar, saia delinquente, para você não há melhor solução do que o rifle sanitário. Chamamos a polícia. Perguntem-me baixinho se eu consigo dormir, consegue dormir?, venham ao meu refúgio dar uma olhada no que eu sou, vocês vão ver como não consigo, nem depois do sonífero do sexo. Afogar o ganso e ficar inconsciente, nem isso é possível. Delinquente, já vou me acostumando a essa palavra. Deficiente, não, era delinquente. Eu me lembro de na neve, certa noite, ficar pelado de bruços para que um carro puxado por siberianos me alcançasse e esperar rogando, rezando na tremedeira. Mas depois despertar e copas embranquecidas como moinhos de gelo. Mas depois despertar e ser velho. Agora molhado e com fome não posso sair da minha ratoeira nem para ver as bandeiras dos triunfantes, nem para escutar os sinos de algum enterro ao qual toda a região está assistindo. Morrer aos noventa, morrer depois de uma vida regrada, tirar o lixo, jogar o lixo, tirar o lixo, pagar impostos e dar comida ao gato. Cumprimentam-se amáveis e cruzam os braços atrás das costas nos enterros provincianos, nos da cidade usam óculos escuros. Nada é puro, é minha única conclusão hoje. O tanto que corri para ver o que havia, o tanto que procurei lá fora, que machadei, que tentei abrir a porta dos trens embora me quebrassem o nariz e me deixassem inconsciente no corredor, o tanto que tirei a roupa com os tiras me perseguindo nos pés das localidades, todas as vezes que fingi dormir, descobertas em campo aberto entre faisões, as iscas, os cuspes, tirar-me da cama, fatiar as cordas vocais, ajoelhar-me diante dos altares de outros, meu Coronel, submeter-me aos valores dos outros, todos os provérbios, todas as proezas na ambulância, os milhares de quilômetros das trepadas escabrosas à força, as balas entre as pernas e no abdome, a areia com os desatados, toda essa infidelidade que se acumula como gordura debaixo do peru no dia de Ação de Graças, todas as aventuras sonhadas, tudo a que me lancei, a coroa rodando tão alto, toda aquela promessa que o mundo me fez era uma farsa.

Sentados à mesa, papai levantou a taça depois da oração e perguntou a mamãe se ela sabia onde ficava o clitóris. Baixamos a cabeça pensando que era alguma coisa ruim, indecente ou alguma enfermidade como difteria, tifo ou pé de trincheira. Nos lembramos desse vizinho cujo sonho era ser aviador e terminou com os dois pés amputados. Algo que tinha de ser deles, os adultos. Depois trouxe um papel e um lápis e pediu que mamãe desenhasse onde ficava o clitóris. Mamãe não sabia, titubeava, disse, escrupulosa, aqui, aqui, aqui onde dizia papai, onde você acha que fica e mamãe mostrou toda a zona do púbis. Papai beijou-a na testa e no cabelo, risonho, você é tão tonta, tão judia, tão bobalhona. Nós não entendíamos nada, e os pais gostam disso, os filhos à sua mercê, os filhos doações, os filhos subvenções, os filhos um ato de caridade. Os filhos repetindo que a Torre Eiffel fica na China ou que vivemos trezentos anos, os filhos ventríloquos de papai e mamãe.

Não posso ver o ar pesando, ali ao longe se avistam os caolhos. Vou lhes dar mais uma coisa aqui do meu colchão. Vocês europeus são avarentos, por isso sempre foram à guerra porque não transam, não colocam um mosquiteiro nos cafundós dos campos nem que as moscas os liquidem, vocês são contestadores, as kalashnikovs e granadas nas praias de Nice e Cannes e as crianças sob os caminhões e velinhas. Tenho certeza de que esta terra, ardor sem duração com tão poucos batimentos, me trouxe até aqui, embora a gente nunca acabe sabendo o que nos conduziu. O retardatário da aldeia, o vendedor de crack do *village*, te pega pela mão, te leva para um lado e para o outro em zigue-zague, te leva para dentro, te faz dançar num bistrô e você o segue puxado por uma cordinha. Meu vizinho queria viver seus últimos anos numa cabana instalada no seu terreno privado em frente ao lago e às colmeias, mediu matematicamente a terra, os níveis, a pressão atmosférica, calculou as cheias, chamou cartógrafos, buscou a melhor madeira ecológica, pediu um empréstimo ao banco, calculou os juros, esperou com paciência um inverno, e dois, até que esquentasse e a madeira estivesse ótima para começar a obra e dias depois se enforcou em frente à sua cabana recém-inaugurada. A prefeitura avisa a família, a mulher chega desenfreada, haviam colocado fitas sobre as folhas e o barranco, estava pendurado ali, mas coberto. Uma das filhas desmaia mas ninguém a vê, o único filho homem com as botas de borracha observa os pés executados do pai balançarem com a rajada gelada como numa pequena e íntima valsa. Os flocos no ar. Não é ele, não é ele!, grita a viúva. Não é esse o cadáver! É um erro, como sabem que é ele? Descubram seu rosto. Encontram um bilhete na cabana: "Fiz isso porque eu quis".

Estou cercado há dez dias, primeiro limpando as axilas e aparando a barba, no início jogando meus dejetos em sacos e varrendo. Mas depois a cera das velas, as penas cinzentas dos gansos nos pratos, a geada nos cantos e as tigelas marcadas com gordura de chá. Não quero mais nem um ruído dentro da minha casa, não quero mostrar a eles que fumo, que dou vários passos até a pia, por onde me movimento, se ainda tenho batimentos cardíacos e pressão arterial. De vez em quando um indigente incentiva os outros e jogam pedras, atrás deles se acumulam como presentes de Natal as pedras que quiseram me derrubar.

Nem um único vestígio de judeus, exceto onde há uma placa comemorativa indicando uma vala comum ou um muro. Um restaurante asquenaze que serve arenques marinados é tudo o que me é oferecido na região. Em suma, caricatura. Essa cabana, a única sinagoga de pé entre as campinas. Escrever a partir de uma cidade provinciana, Vilnius, a Jerusalém da Lituânia. À noite as calçadas escorregadias, a neve suja empurrada para os lados, as fachadas resplandecentes, é mesmo amargo este cemitério judeu, cidade envergonhada da Europa. Na minha infância o alarme cessa mas ninguém se move, ninguém quer sair, esgotados de ter que voltar a formar fila com a sirene seguinte. Mamãe já dormia com meus irmãos nas tetas e nas aréolas, eu aspirava o vinho fermentado. Papai sempre aproveitava os bombardeios para paquerar. Eu olhava para eles e tentava sugar algo. A noite era clara, apesar de tudo, promissora, eu jurava que ia sair para abatê-los assim que me tornasse um homem. Já sou um homem, papai?, eu perguntava. Agora a noite é puro respirar agitado sempre dentro de um cachecol ou uma seda na boca. Mas não estou na Lituânia, e sim nesta pocilga, os judeus governam a mídia, fazem rir, a governam lá dos esgotos. Espero uma luz no meio da estrada como um óvni. A terra estará regada quando o crepúsculo assomar, já sinto o cheiro da chuva de granizo que vem da mata, a impressão de caminhar sobre ilhas flutuantes como uma angústia que nunca vai embora. Devemos nos desfazer de tudo. Já está feito, digo a mim mesmo. Deixar de zumbir, tapar os buracos, olhar para cima com as mãos mauritanas agora o quê, meu deus, sofrer como eles. O envelhecimento começa com palavras, diminutivos, sobrenomes, lástima, termina em escarradas, quadris quebrados, quedas. Estou disposto a iniciar um ataque, a explodir o domo, papai dizia isso apalpando coxas e quadris de sobreviventes com um tanto de pele, o que era muito infrequente, nenhuma delas tinha suas regras nem usava roupa íntima, mas ele as procurava mesmo assim para acariciar alguma coisa, um resto de teta, algo que sobrasse de alguma curva, um osso esterno com forma de mulher. Estou pronto, filho, dizia, mas depois nenhuma granada, nenhuma tomada de assalto, aquele que não tem a visão do seu sangue até os joelhos, pobre dele.

Mamãe dirigia o Fiat 500 Topolino quando começamos a ir, muito tarde, à escola. Eu já não me chamava pelo meu nome, e sim por um mais curto e neutro. Ela levava a nós quatro no banco de trás e o menor não descia. Eu quase sempre punha os sapatos ao contrário e, enquanto subia as escadas, ia trocando o esquerdo pelo direito, mas às vezes meu irmão é quem usava meu outro sapato e eu tinha que lhe fazer sinais pela janela da classe ou jogar alguma coisa nele para que viesse trocar comigo. Na saída, depois do pão com leite açucarado, ela não estava lá e tínhamos que esperar na esquina dentro de uma queijaria, o dono no começo gostava de nós e acho que depois começou a nos odiar, dizia que fôssemos para a calçada, que espantávamos seus clientes ou mexíamos na sua mercadoria. Quando ela chegava, entrávamos no carro sem falar e na viagem de volta só ficávamos encolhidos olhando para fora. O menorzinho com catarro. Tinha passado o dia dentro do carro enquanto mamãe espiava papai numa galeria com lojas de costureiras e modistas. Lá de fora se via o dourado dos vitrais. Ela estacionava o carro bem na entrada e sem baixar o vidro comia o interior com os olhos, meu irmão abatido brincava com o cadarço do sapato, chorava e depois balbuciava e dormia outra vez.

Lá dentro vão te foder, você sabe?, deixe-o molhadinho. Vá com megafone. Aqui fora somos civilizados e respeitamos sua propriedade privada, mas lá dentro eles vão, nem te contamos, você vai ver. É preciso castrar os da sua raça não com produtos químicos, mas com uma serra, é a única solução. Com certeza você tenta se livrar por falta de provas. Você se esconde e se passa por doente para que te tirem alguns anos, você deixa a barba branca, aqui ninguém acredita em nada do que vê. Homens assim não se curam nem se lhes cortarem a ponta, continuam fazendo até com as garças, vão e dão pros bambis recém-nascidos, pros avestruzes nos ninhos, pros dementes que andam soltos do outro lado do rio e das dunas, o que se deve fazer é pô-los contra um tapume e jogar pimenta neles. Os intelectuais insaciáveis deveriam viver entre vocês. Pobres mães, o que fizeram aos seus filhos, você imagina às vezes o sofrimento desses bebês? Outros me dão alento, me reconfortam acreditando na minha normalidade e simpatia, me trazem comida caseira e deixam-na em pratinhos de futuro condenado do outro lado da minha porta, começam as apostas para ver quanto aguento. Tiram fotos, me gravam, eu me visto com chapéus e saias bufantes para inebriá-los. Olé olé, pulo a cerca viva olé. Você vai apodrecer dizem uns, vai saltar pelo teto como os meninos nos estábulos queimados pelos agentes, dizem.

Senhor, senhor, os nós dos dedos contra o vidro, senhor, somos da Câmara do Crime viemos informá-lo de sua situação. Quero chegar vivo ao julgamento para me defender. Tenho medo de morrer neste momento por todos os problemas de saúde que tenho. Não recebo atenção imediata, aqui no país da igualdade. Abra agora mesmo. Finalmente estava dormindo, dormir é o maior alívio, tudo é desfocado e novo, sonho com grama crescida entre as costelas dos judeus, às vezes de tão crescida cobre seus ossos, as aldeias sobrenaturais durante os bombardeios e os pavilhões caindo um a um em ondulações florescentes, as mães estendidas no chão à procura dos seus bebês enquanto perdem os sentidos. Saiam daqui. Não podem se enfiar pela janela nem forçar as maçanetas, que horas são. Estou doente, durmo na minha propriedade, paguei por esse pedaço de sítio, é meu, me interno, melhoro, regresso, estou atacado do sistema imunológico, que horas são. Temos que informá-lo da sua situação. Vocês não tratam assim nem os pacientes oncológicos, vocês decoram sua casa e põem música pra eles, vêm os atores célebres de Hollywood disfarçados de piratas, o câncer é a doença escolhida pelo mercado. Senhor, se não colaborar vamos ordenar que quebrem os vidros. As horas? Porque é preciso respeitar as horas até para isso. São quase cinco da manhã e temos que ler seus direitos, não queremos forçar a entrada. Leiam aí de fora. Por favor, senhor, colabore. Não me façam chamar a polícia, é muito cedo. Nós somos a polícia. Estou tendo pesadelos recorrentes sentado na cama suando como o gado quando percebe tudo, não quero fazer um panegírico. Um dos nossos oficiais está na claraboia com a arma engatilhada, vista-se e saia, não vamos chegar à violência. Vocês não podem invadir uma propriedade privada no meio da noite. Vamos ver se entende e se veste, porque as pessoas estão se juntando. Estou no meu claustro. Todo o município está de pé num domingo com as crianças, está ouvindo o choro?, está vendo a cólera das pessoas? Está fazendo zero grau. Vamos ter que entrar. A Lei é idiota de todos os lados por isso sempre fui discriminador. Freud também era assim, o que marca o século XX não é nem Marx nem Nietzsche, sabem disso, não? Pensam nisso com frequência aqui? É preciso se reprimir, se vocês agora mesmo reprimissem sua ferocidade, essa gente necessitada estaria fervendo leite de ovelha. Vamos ter de quebrar as janelas, senhor, deixo registrado que não queríamos fazer isso. Vocês também poderiam ter tido outra vida, não só eu de cueca e com este hálito, vocês poderiam ter sido Eric Hobsbawm, Louis Pasteur e salvar a vida de milhões de milhões, dos cientistas que nascerão mais à frente, em vez de estar em posição de vaso sanitário atrás desta porta nos cafundós da Nação. Saia agora ou vamos derrubar a porta, temos que ler seus direitos, pela última vez. Que conste que são vocês os criminosos, eu lhes digo, porque, do contrário, não haveria guerras, não diriam que fui eu que iniciei as ofensivas neste continente. Todos estão livres e eu com ordem de prisão, tem que ser um idiota para fazer isso do que me acusam, tem que ser idiota, não podem me tirar daqui com fuzileiros semiadormecidos, o que vocês vão fazer, a cada chamado vão levar todos presos? Vão até os currais que estão cheios desses que vocês procuram. Se o senhor é tão inteligente colabore, só pedimos que saia. Abaixo, abaixo! Entrem, seus merdas! Destroços massivos, pontapés, loas e alaridos, armas regulamentares, as duas mãos atrás da nuca. Começa a função. A culpa é coletiva. Ou a assumimos todos em uníssono num coro de escola, ou a negamos em bloco. Eu sou o principal responsável, se vocês têm vontade de me acusar, mas vocês e esses que me incriminam não assumem a responsabilidade porque, se aceitam isso, se aceitam que seus filhos agora com fraldas sobre os regaços e os outros na escola já são criminosos, não poderiam dormir, nem hoje, nem nunca. Eu confirmo isso enquanto derrubam minha antena parabólica, confirmo isso aos seus agentes de segurança, confirmo a essa aldeia e à outra, seus filhos são criminosos.

Não me fodam, deixem todos esses papéis, por que estão destruindo meu colchão, que coisa estão procurando dentro da espuma, se eu fosse mulher encontrariam pretextos, com isso de mulheres e crianças primeiro vocês nos esmagam. E ensaio dar um soco mas é tão fraco, tão tosco que não chega a quebrar a mandíbula desse garoto que se passa por gendarme. Me doem os nós dos dedos, meus óculos estão quebrados, engatinho, não fucem nos meus documentos, nos livros que não publicaram. São eles que têm de provar que eu me equivoquei e não eu que tenho razão. Já estive preso, tinham nos roubado tudo, quando voltamos de carroça para a minha casa de longe meus irmãos apontavam a fumaça, nem sequer restou o berço no qual tínhamos começado nossa vida, nem um só animal de pé. Revolver os escombros para mim era o mais natural, aquele que encontrava alguma coisa ganhava o apreço do resto e dormia entre as tropicais e peludas pernas de mamãe, tão altiva na sua beleza nervosa, aquele que encontrava alguma coisa tomava os últimos restos da sua nata aguada. Depois tivemos que ir e nos esparramar sobre a forragem. O mundo é materialista e explica mal as coisas, eu me sacrifico como quando me atirei em cima desse coiote e evitei amputações, mas todo mundo opina agora em voz baixa, ui, virou alcoólico, ui, virou um velho anômalo, não importa, um pouco de areia borra tudo, a França com Luís XIV era o centro do universo, Luís ficava doente e o mundo tremia, eram vinte e cinco milhões de franceses, agora não acontece nada nem se calcinarem toda a França numa noite de terrorismo exaltado. Não me empurrem, as mãos atrás da nuca, não me apalpem, não vão encontrar entorpecentes nem impudicícia. Não vão poder plantar uma sacola com navalhas, não vão encontrar nem um pingo de sexo.

Me levam com os pés na espuma gelada, lá fora os detratores vitoriosos com o punho levantado e duas ou três gordas com os filhos nos ombros. Me enfiam num carro blindado, me escoltam com a polícia provinciana. Arranca, minha casa espoliada com uma fita de isolamento, aqui viveu. Na velhice não resta ninguém. Sou filho de uma colisão, se ao menos minha mãe ou meu pai pudesse vir ver meu futuro enjaulado. Você estala os dedos e ninguém. Nem terrenos escritos e distribuídos por notários em heranças, nem cartas para abrir, nem casarões abandonados ao quais visitar, nem longos corredores, nem bicicletas enferrujadas ao lado de um trator. Não resta ninguém que tenha vivido aqui. Nada para ver, nenhuma foto, ninguém a quem visitar para cuidados paliativos, ninguém nem mesmo para descobrir algum segredo detrás das paredes de pedra branca, com quem se deitava papai enquanto mamãe atirava cinzas em cima do berço, com quem mamãe delirava enquanto me paria uma manhã seca na rotatória, ninguém para cuspir nas lajes saqueadas da aldeia vizinha. Me vejo numa caminhada pela noite até um poço d'água, me vejo chorar a cada passo, uma águia-careca debaixo do aguaceiro.

Agradeça por estar vivo.

Não, eu não estou vivo.

Estamos te vendo aqui.

Isso é uma preconcepção de vocês.

Estamos te vendo aqui de cueca diante de nós.

O que vocês estão vendo é um fantasma.

Cala a boca, fantasma.

Não escuto música, não leio jornais, vivo numa espécie de caverna. Se neste momento entrar um pitbull e desfigurar a cara deles, a culpa também vai ser minha? O pitbull saiu por essa porta e simplesmente os desfigurou às mordidelas, eu não tenho nada a ver com isso, não fui eu quem lhe abriu a mandíbula, quem o incitou, nem quem pariu o cachorro. Estou aqui nesta prisão preventiva no fundo do buraco tão longe da cidade buscando um lampejo que nunca consigo alcançar. Me atiram o mote de pederasta, de islamofóbico, de sonegador de impostos. São eles mesmos que veneram aqueles que provocam colapsos para ver as execuções, são eles que vão às corridas de touros e agarram jovenzinhas pela boceta.

Nunca vou entender por que as pessoas não usam a guilhotina. Eu podia ter matado sem problema, matado um homem de trinta anos que aparecesse na minha janela, que fizesse barulho ali da casa vizinha ou se fizesse de tonto se equilibrando no meu portão. As crianças ainda são harmônicas e os velhos não existem, basta soprar em suas nucas e estão debaixo da terra, mas um de quinze a cinquenta poderia morrer diante dos meus olhos sem que eu mexesse um fio de cabelo, mas são hipóteses e não atos, faz toda a diferença, não posso ser acusado por uma hipótese. Os burgueses agonizando não me dão pena, estavam aí numa sexta-feira tomando cerveja e dançando death metal diante das kalashnikovs no lugar e na hora certa. Eu trabalho para o campo do mal, para estourar minha cabeça contra a parede. Quem é você para se sentir bem? Para sorrir de manhã. A velhice se aproxima e me ameaça. Vivi? Agora mesmo sou como uma grávida com a placenta em risco. Hoje as vi pelas grades, não fiz nada mais do que observá-las, o destino das lagartixas é ser esmagadas quando cruzam a estrada em busca de seus pequenos. Elas os geram e os parem; enquanto conseguem comida os filhos saem do seu raio de alcance e, ao cruzar a estrada para encontrá-los, são esmagadas, deixando os bebês sozinhos do outro lado. A carniça pós-crime sempre faz o resto. Aquele que levanta a cerveja e brinda a taça em sangue. Não tenho nada a dizer a eles, meritíssima. Não tenho nada a lhes dizer, senhora madame, não precisa me defender nem desperdiçar oratória sem ter feito nada no fático, sou pior estrangeiro que os maltrapilhos da Little África, e pior pai que Joseph Fritzl pondo o bebê no forno e simplesmente o queimando, já sei tudo de cor, mas não fiz nada, então nem esperem que eu comece a chorar.

Primeiro dia de isolamento penitenciário. Eles esperam que fiquem sequelas, e ficarão. Fui demolido desde o início, desde sempre um leve sopro me empurra para baixo. Os homens fornicam, pecam, roubam trigo e salivam quando aprendem a usar suas escopetas. As solas dos sapatos das gordas com os cães lambendo seu traseiro entupido de doce. As melhores obras foram imaginadas em séculos sem infância nem sexo, aí ninguém sabia quem era o pai nem se havia tido um filho, se paria na imundície as pernas arqueadas como ginetes. Comia-se e morria-se na mais estrita sujeira, não havia idade nem bem maior do que errar. Sem destinos altos nem haveres. Mijar, dormir, ejacular. Meter em alguma galinha sobre a tábua de madeira. E olhar para a lua. O homem de hoje não pode ser despertado nem a pauladas, o homem de hoje com armas sofisticadas e sem saber apontar, que piada enorme, os garotos americanos no comando lambuzando as salas de aula com trilhas de sangue. As palavras que me ouvem dizer vêm de outro, falamos e sucumbimos sem ter dito se eu continuar assim não chego à idade dos meus pais.

Abram, meu coração está fora de controle, te suplico depois de tanto tempo. Espero ser fuzilado com a arma do teu gosto. Pode ser falsa, apoie-a sobre a mesa, sem balas e engatilhe, vou cair de qualquer forma. Tomo o café da manhã em frente ao porto de Dunquerque, bacon, ovos, o chá, a paisagem, você já sabe, a gente busca paisagem, a gente busca músicas, torres às quais subir. Torres das quais se lançar direto aos cemitérios. Na aurora, os corvos cantam o humor da minha alma pútrida. Choro, choro, durmo com os sapatos na mão como quando tinha que dançar dando pulos no salão para que papai e mamãe parassem de brigar. Para que deixassem de lançar um ao outro injúrias que eu não entendia. Estou alistado para chorar uma guerra e duas. Sigo estando vivo porque não tenho coragem de impedi-lo, depois que te confisquem, de tirar o bisturi e acabar comigo mesmo. Ou deixar-me aqui, como as noites em que finalmente o papai te convencia a cacetadas no galpão e a gente tinha que escutar os gemidos dos meus genitores. O espanto infantil. Acabo de saber pelo rádio da penitenciária de uma carnificina num hospital, chovem corpos em forma de diabo, cadáveres pequeninos, águias caindo do ninho em tom elegíaco. Entraram e massacraram a cortes de facão arrasando os seis andares com bebês enrolados a ponto de assomar. O homem chocante, inconcebível, antro, tártaro, réquiem. Enternecedor o mundo na guerra de 1914, como consolo abriam as cabeças e cortavam os membros. O único resguardo é uma avalanche pendendo de um cultivo ressequido. Mil garrafas baldes cisternas do teu líquido.

Papai apareceu de bigode, fazia semanas ou talvez meses que eu não o via quando apareceu na porta do cômodo de Belleville onde morávamos desde que chegamos à cidade. A princípio acho que ninguém o reconheceu, os menores se esconderam e eu fiquei olhando para ele como se olha um homem que vem afiar facas ou vender panos de prato. Papai nos cumprimentou e foi buscá-la. Ali começaram os gritos, todos os outros desapareceram mas eu permaneci. Mamãe não queria que ele a tocasse, lembro que se esquivava dele, lembro embora não entendesse o que significava fugir daquelas mãos, por que se safava dos seus braços, o corpo do pai emburrado se lançando para cima dela. Que alternativa eu tenho? dizia mamãe, que alternativa você me dá?, e cruzava os braços, mas depois ele queria ir embora e ela se sujeitava. Eles não estavam só se juntando, os menores embaixo da única cama, os menores em fila, as caras dos agora caídos por ordem.

Persiste o isolamento, impossível saber há quantos dias estou assim. A tortura é o método mais eficaz e universalmente aceito, isso ninguém discute. Nesta vida se paga e na próxima também, vão te violar, decapitar e esquartejar à espera da sua captura. Não é nada mais que o código de ética dos réus, nós distribuímos corretivos, a vingança é a única forma de castigo que temos, sabe? Abrir os pontos de sutura e te estuprar de novo, seu ânus manchado, nós reclusos aplicamos nossa lei, nossa condenação não como vingança, como justiça. Você vai para o hospital, vão fechar seus pontos e vamos entrar na enfermaria, tirar você de lá e voltar a abri-los uma e outra vez. O que se passa na sua cabeça, você a tocou, deu a ela seu carinho mórbido, você gostou mais dela porque era negra, se assanhou porque era negra, o europeu educado e seleto no qual brota de repente toda a violência ariana, para isso existe a masturbação. Entra no teu buraco e manda ver. Você ainda sente o gostinho dela? Mas não falem assim com o novo recluso. Como caralho você quer que a gente fale com o bastardo? E a polícia apalpando as bolas. Deviam era ter moído esse velho ali mesmo na casa dele e ter dado um cacete nele até que gotejasse pra ver se ele ia gostar. Esse velho pensa que as meninas de cor são uma doação. Que desgraçado, não é pai nem é homem, é verdugo sem valores, não tem temor, é parasita. Castigo com castigo se paga. Vamos fazer como nessas paragens onde a festa local consiste em pendurar numa corda uns cachorrinhos entre dois paus e, depois de fazê-los girar a toda a velocidade, cortar a corda e deixá-los cair na água.

Este menino parece que vai sair de um ovo a qualquer momento, como um tubarão este menino é um menino ovíparo. Assim nasci, do ovo da minha mãe, puxado pelas garras dele. Recordo quando tirávamos a roupa eu e papai nos ginásios, seu corpo tão grande, o meu tão nulo, ele sempre me limpando, ensinando-me a me vestir, arrumando minha roupa, erguendo as meias, ele sempre me ensinando a esquiar sem neve. Só uma vez nos desentendemos, ele tentava cheirar minha mãe e ela fechava a cara, e eu me lancei pra cima dele e ele quase me mata.

Fechar os olhos e estar em choque, não sentir, o corpo não é meu, aquele a quem insultam não sou eu. Me chamam de fascista. De extrema direita, terrorista. Cartazes com minha cara e pichações agora dentro. E para todos os que riem porque eu digo que se deve sair para dar um tiro, eu sairia para defender a República, não a democracia agravada, essa fraude. Matar todos eles para fazer-lhes um bem, odiá-los, mas odiá-los justamente. Matá-los para defendê-los de si mesmos, o navio afunda e arrasta num círculo de descontrole o redemoinho de algas. Detesto a massividade e esses povoados perdidos em rotas secas de riachos pontilhados, fomos invadidos, o cosmopolitismo ganha, a invasão é longa, a grosseria grandiosa, são livres nos dizem, são livres gritam para nós, sejam livres. Gente dentro das salas de espera e restaurantes das zonas industriais. Coisas, corpos, cochichos. Os latinos macacos dançantes com tetas e bundas. Eu, eu, eu. E todo mundo é igual num sistema que exalta a diferença. A verdadeira música está morta. Olhem os salões, entrem e provem com seu dedo indicador. Reservem entradas nos concertos e escutem essa mentira matraqueando nas paredes.

Eu me tornei um showroom de suplícios amorosos. Um adolescente batendo punheta e mirando com o canto do olho para que os adultos não o apanhem. Um espião sem ninguém a quem encurralar. Eu me tornei um homem de cabeça transplantada. Um párvulo com flores buscando o sepulcro. Sairei algum dia daqui com as mãos como uma evidência límpida e o carcoma bem alto. Depois do abandono dos meus pais, o ex-convicto que serei escreverá no seu diário de delinquente; você foi minha raça, minhas espinhas escuras, sempre sem pernoitar, não dormindo nunca, minha única súplica amorosa. Minha tarde escurecida. Estou atordoado, não tenho esperança de que me escrevam ou que eu receba visitas. De noite o homem é tão fraco que desfalece nas pedras do monte sem ter visto, longe de ver, sob as badaladas, resvalar-se, desmoronar diante da única das seis torres que ficou em pé. Antes do desmoronamento final das aranhas aristocráticas, antes da demolição do quadro de Courbet metralhado, a polícia e os presentes trocados. Não posso nem sentir piedade. Nervo seccionado no braço direito, fratura exposta com os nós dos dedos afetados, muitos impactos e cicatrizes nas pernas, uma bala segue na minha coxa e a mandíbula destruída por um disparo atrás da orelha. No entanto vou continuar de pé, suplicante. O castelo reaparecido cai em direção à colina. Castelo invisível. Castelo imaginário. O mundo transformado em cenário lunar.

Como o novo confinado choraminga, devia ser arrastado com uma corda até a igreja. Lembro-me disso, meninos da minha idade disfarçados de cristãos nos ombros dos pais nas capelas. Desculpe, eu não deveria ter me cagado nas calças. Não deveria usá-los de público, além do mais qualquer pessoa com boas maneiras sabe disso. Foi o que mamãe me ensinou, mal e mal vejo o que ela me fala e volta para sua televisão. Alguns pais só amam seus filhos quando são pequenos e ainda têm alguma esperança de que serão alguém, de que poderão salvá-los, tirá-los da lama, quando percebem que isso não vai acontecer perdem todo o interesse, inclusive até os odeiam pelo tempo que investiram durante quarenta, cinquenta, no pior dos casos, sessenta anos. Tenho certeza de que um dos dois pega a calculadora e faz uma conta rápida de tudo o que lhe custou. Tenho certeza de que se eles pudessem, se tivessem tido a chance, se ninguém os tivesse vigiado, se não constasse em nenhum relatório, se não houvesse papelada, eles os jogariam pela janela no vazio rochoso ou os depositariam naqueles caixões modernos e quentes. Olhem, não quero começar a chorar na minha terceira noite de refém. Eu não tenho mais nada pra conquistar. Não sou um pária. Falo no feminino se vocês quiserem aqui nas claro-escuras e nebulosas passagens soviéticas. Ainda faço xixi em pé mas é por pouco tempo, hein. E papai me encorajando a ir para a frente embora ele tenha sido um desertor. Aqueles que me rodeiam eram tolos e acomodados, tenho fobia de passeios de barco e da água, do balanço das ondas, do que se forma no vaivém das ondulações. Vejo o que há sob a areia molhada quando as águas-vivas me sugavam. Medo de sufocar continuamente debaixo d'água sem oxigênio, medo das lesmas salgadas. Um monte de frouxos em mau estado me aconselharão a virar a página para esquecer. Vamos, não pode ser tão duro estar na prisão, eles me recomendariam, não vamos cair na amargura, vamos supor que os outros têm razão, vamos nos recompor. Sem escutar a violência dos que antes erigiam um monumento para mim como o professor da região. Como o ilustrado da área. Como o conselheiro de famílias e deprimidos. A traição da medíocre burguesia rural agora replicada nas zonas marginais, mas é a mesma. Não estou falando de vocês, meus inimigos declarados, vocês me fortalecem e eu lhes agradeço por isso, estou falando da traição dos meus amigos, daqueles que permutam sua consciência atribulada fazendo uma homenagem a mim, daqueles que agora festejam do outro lado das grades. Deviam organizar uma festa para o meu êxodo. Certamente vão me oferecer a medalha de mérito, a desonra absoluta das medalhas de mérito.

Outro dia de punições, ninguém me diz se isso é legal no país das leis. Aqueles que estão fora do mundo são pessoas afortunadas, por que não esperam que a criança entenda?, por que fazem isso com um menino?, por que destroem um recém-nascido com granadas? O garrote bem no alto e a gritaria e os testículos por cima. Vejo tacos regulamentares, intifadas, bombas irritantes, corruptor de menores, não sei se olhei, não tentei olhar, não quis olhar para nada, desviam o olhar, juro para vocês e saio a todo pique. Eles correm atrás de mim, me parece, eu olho para trás, eles me perseguem, estou escalando. Não me importo com os casos mas leio os cartazes, vira-se a mesa. Assassino. Claro que não me sinto culpado e se eles me odeiam e pensam que sou um assassino estão certos porque tenho o gene. Corro. Troto. Sou um potro. Vou atrás da História empunhando os sinalizadores. Aceito toda a culpa se essa for minha sentença, vê-se a léguas de distância que estou em péssima situação. Fui me deteriorando, assim é o ciclo natural da vida. Eu sou o responsável absoluto. Calem a boca do novato, costurem a boca dele.

Comecei a gaguejar aos quatro anos quando certa manhã na cozinha, enquanto víamos uma borboleta esvoaçar do lado de fora, você abriu a janela e segurou-a com os dedos em pinça. A borboleta circulava pelos meus olhos, pelo leite, eu tinha medo de engoli-la, você ria e me pedia para virar homem e pegá-la pelas asas. Eu não via nada com toda aquela agitação, você me dizia agora, agora, e eu a agarrei, destroçando uma das suas asas. A borboleta ficou na mesa pela metade. Você se irritou e a golpeou com o punho. Naquele café da manhã comecei a gaguejar.

Uma visita para mim. Olho para ele sentado na cama, a barba áspera e branca até o pomo de adão. As bolsas dos olhos como fendas. Para mim, pergunto e minha chatice é enervante, uma visita para mim, pergunto de novo bem devagar. Sim, e eles me tiram dali aos tapas, atrás de mim vão me batendo para que eu ande, ande, vovô, ande, arre, ande. No refeitório da prisão as mesas enfileiradas, cabecinhas frente a frente, testosterona em estado bruto, como um produto regional que os turistas veem e não levam. Eles me sentam e me deixam ali, de mãos cruzadas. A porta se abre e, escoltada por dois torsos enormes, vem uma mulher que eu nunca vi. A dona se aproxima de mim tremendo. Eles nos dizem quanto tempo temos. E ficam ali mas como se não ouvissem ou vissem nada, como embalsamados ou guardas da coroa. Olhei para ela toda, achei que tinha acontecido uma calamidade naquele rosto, um dia ela se levanta e vai acender o aquecimento para tomar um banho quente e o aquecedor falha e explode. Daquele dia em diante ela precisa usar seu rosto como escudo. Os homens que costumavam persegui-la fogem com a boca aberta. A mulher olha para mim e tenta tocar minha mão para, depois, entrelaçá-la. Não sei quem ela é, não tenho a menor ideia de quem ela é, o que está fazendo aqui, por que veio me ver. Tento descobrir sem demonstrar que ela é uma estranha. Ela parece fascinada por mim, quer me tocar, quer minha assinatura, um pedaço da minha camisa, cheirar meu cabelo crescido em cativeiro. Parece-lhe que, enquanto eu estiver na prisão, pertenço a ela e devemos pedir uma visita íntima. Antes que ela possa tirar proveito da situação, é tirada do refeitório e não me visita novamente.

Eu podia ter morrido tantas vezes de cabeça nas pedras do Monte Saint-Michel. Eu podia ter morrido tantas vezes no quarto estreito com o atalho em chamas, altas e longas, como em séculos passados tudo era resto de incêndio. Tudo acontecia muito rápido, sem tempo para o grito, apenas o som das munições como destroços em cascata. Aquela vez no Monte Saint-Michel em que, sem conseguir juntar duas palavras, me atirei. Como toda vítima, sempre consciente, incapaz de escrever seu nome, sobrenome e data de nascimento num pedaço de papel. A vítima incapaz de sair do choque. É posta em coma induzido e cai como centenas de outros na noite das brigas de hospital. Nos leitos das igrejas com as freiras. Uma parada cardíaca no alto de um teleférico nos Alpes. Não me reconhecem, apenas meus pés. Não sou nada, tampouco uma estrela ou um condenado.

Ninguém reconhece ninguém, os pais vêm, soletram o sobrenome, transportam-nos para os estrados e na frente de tantos corpos não têm a menor ideia de quem são seus filhos por isso gemem sobre o corpo de qualquer um, tudo bem, o importante é chorar. Mas meus pais não vieram, não me procuraram nas listas de combatentes. A noite dá lugar à inocência. Essa voz que sai da minha boca é desestabilizadora, não é sua, não é de outra pessoa, não vem de mim. O ferido se apropria da calamidade num quarto de hospital e raramente sai, o dia pontuado pelo barulho das máquinas e das enfermeiras de balé.

Isso é normal na sua jurisdição, meritíssima? Faz oito dias que peço uma cueca para me trocar e ela me foi negada. Desde sexta que me ajoelho para dizer que preciso urgente de uma cueca e nada. Eles me arrancam do beliche antes do sinal com golpes metálicos e latidos. Eles me conduzem. Levam-me ao tribunal assim, passo a me sentar, sim, nu, nem um tapa-sexo, meritíssima, embora o banco esteja frio. Mas vejo que todos os réus, a polícia, o pessoal, a imprensa, estão todos vestidos da cintura para baixo. O que é isso, minha senhora? Na minha queda fulminante graças a uma psicose social, a uma caça às bruxas, sairão os mártires como eu, eles vão me elogiar daqui a um século, daqui a três séculos, mas é preciso esperar e vou até esperar nu em pelo. Eu me sento, me diz para me sentar e eu me sento, mas se eu puder tomar a palavra, se isso for possível, vou dizer ao tribunal que é preciso se animar a pensar menos no estuprador como um monstro e mais no acusador como um ventríloquo especialista. Cada época o define à sua maneira, por que agora a casta de elite são os criminosos e golpistas financeiros e a pior coisa é o estuprador, em particular o pedófilo, sim, sim, vou me calar agora mesmo, vou voltar à razão, entendo que eu tenho que calar a boca, mas só isso, agora os ditos abusadores merecem uma vala comum, e não um golpista na bolsa, e não um corrupto, um homem que toca na perna de uma garota, cheio de merda até o pé, mas cuidado, meritíssima, que não é Videla, ou é um bruto, ou é um idiota que não consegue controlar seu membro de maneira digna e tem que se esfregar no último assento do ônibus diante de um avental de babados, não sei de mim, bom, fico quieto, não preciso ficar na mira de atiradores de elite em cima dos telhados. Hoje o sexo desvirtuado é o grande inimigo porque rejeita o sistema. Percorríamos longas distâncias e tínhamos uma bela guerra juntos, é preciso escrever contra a História, é preciso falar contra a História, contra os juízes que estabelecem a História, é preciso escrever tudo ao contrário. As pessoas das quais não se imagina nada são capazes de coisas inimagináveis e vice-versa, meritíssima, o amor supremo e perfeito nos deixa sós. Perdão, defensores públicos, vou prescindir dos serviços que o Estado protetor me oferece de graça, imaginem, o Estado paternalista e diminuído é meu adversário, o totalitarismo do mercado que grita conosco já bem entrada a manhã para que sejamos únicos, únicos, livres, livreees e aqui nos veem, todos iguais, às vezes aquele que parece um vil pederasta é um carente, um ignorante, um ruinoso. Eu me calo, shhh, eles me levam ao vestíbulo para me dar instruções sobre como falar, meu fracasso será anunciado no bater dos sinos da hora do almoço.

Eles me sentam numa maca ou padiola, não totalmente de estilo médico nem tão confortável quanto um lobby de um hotel quatro estrelas, eles me pedem para relaxar, que não feche os olhos mas me deixe ir. O que é isso de deixar ir? O exercício vigiado por dois policiais consiste em que eu veja imagens e eles verifiquem minhas reações íntimas desencadeadas por elas. Primeiro vejo paisagens mais ou menos idílicas, os Alpes, as Maldivas, depois pessoas andando numa cidade grande, entre elas mulheres e homens charmosos, e então, não sei se isso é legal, púberes em trajes de banho, meninas e meninos quase nus chapinhando na água e apenas cobertos de areia. Tudo conectado com sondas, eles vão verificando as ondulações e os picos numa tela. Não sei o quanto disso é legal, não sei o que eles querem que meus órgãos mostrem, depois me desconectam e me passam um gel.

Fique bem diante do microfone, prossiga. Itzhak Perlman nasceu em Tel Aviv em 1945, de pais poloneses. Não vem ao caso. Decide estudar violino aos três anos e meio e contrai poliomielite no ano seguinte. Não vem ao caso. Como não vem ao caso? Virá ao caso se me deixarem chegar lá, ninguém nunca vai saber se isso freou o talento ou o desenvolveu, nisso me dão razão, certo? Por que o acusador está protestando? Ser inválido é uma anormalidade, assim como um prodígio é uma anormalidade. O certo é que nada é certo, o infortúnio e a desgraça podem engendrar um homem excepcional. Alguns devem a grande obra à sua bastardia, o que seria deles sem sua angústia. Objeção, vem ao caso. Bravo, gritam os franceses nas corridas de ciclismo. Bravo, gritam os espanhóis para os toureiros. Bravo, dizem os americanos aos cantores pop. Podemos normalizar uma anormalidade muito facilmente, a prova está nisso que eu lhes conto sobre essa época divinamente tirânica, suponho que me interpretam. Desde que nasci me falaram por fórmulas nos lodaçais, escondidos, nas noites de tiroteios, subindo como gatinhos sem raça nas árvores durante as buscas, por repetições e orações, por movimentos lentos em direção a Jerusalém, para me endireitar e me tornar mais um, um garoto normal e realizado que se escondia, e isso também é minha culpa?

Hora do recesso. Banco, corredores, salas com vitrais. Tenho a impressão de ter sido piedoso. Agora vagueio e a lua está quase na linha dos meus olhos. Posso tocá-la, balançar-me, encaçapá-la. Estou na rota sinuosa de casas com telhados irregulares, varandas e cães de raça adormecidos com sedativos. Estou sofrendo cigarro após cigarro. Estou xingando frase por frase. Eu não podia, não podíamos, papai, nos afastar dela alguns quilômetros. Era algo que falhava todas as vezes. Meus irmãos e eu subíamos nas suas pernas e ela se deitava para dormir com a gente por cima, pesávamos tanto, ela nos deixava largados ao seu redor, irritávamos papai, ele nos punha para fora. Eles me levam do corredor para outra sala menor e vigiada, as mãos algemadas.

Durante as mediações do intervalo, os civis que se tornaram juízes deste tribunal provinciano olham para mim enquanto comem sanduíches. Tudo exceto a roupa indica que estamos no século anterior ou mesmo no século XVIII. Um relógio parado, um crucifixo lustroso e móveis polidos. Continuo andando sem cuecas, ainda estou nu da cintura para baixo, ninguém parece se interessar pela minha genitália, põem mais açúcar, discutem. Funcionários judiciais, domésticos, juízes e réus me veem sem cuecas sem o menor espanto. Estou morto em frente ao porto marítimo de Dunquerque. Estou morto *sur la Rive Nord du Lac Léman* e, numa noite fleumática refugiado na fachada oeste da Catedral de Colônia, estarei apenas morto. Pagar, alguém tem que pagar. Pagar, pago disfarçado com um gorro de lã, um refugiado mendigando nas feiras de Natal. Não sou mais eu, já estou fora de serviço nessa espécie de despojo. Um parêntese, meritíssima. Um segundo, juízes civis. Todos me enganaram, aqueles que me amavam tanto e vinham me perguntar sobre seus assuntos em meio a crises e murros conjugais, aqueles que me pediam para escrever cartas às amantes, aqueles que me pediam que lesse a Bíblia para eles ou lhes ensinasse a falar. Tornaram-se fumaça. Sem chamas. Uma pausa para me explicar o que aconteceu enquanto o fungo cresce e nos enterra no céu. Enquanto o pássaro ferido oferece sua vida num canto superior. Eles me veem levantar as mãos e me controlam, vêm me desmembrar por semelhante cultura lasciva. O que há de errado, meu amor. O que dói, gordinha. Preciso tocar na pancinha, na pancinha. Degenerado. Que esse escabroso apodreça. Os negros policiais me metem na prisão sem dar um pio. Negros tiras favelados e os brancos dilapidados. Depredação total. Nós estamos acabados, franzimos o queixo, nos coçamos como gorilas na frente dos espelhos e pulamos excitados quando vemos pornografia mas o esperma é lamento, pobres homens.

Não denunciei o fato quando meus pais me abandonaram e agora o processo prescreveu. O que um filho pode fazer se seus pais de repente mudam de nome, de cidade, de emprego, de registro e de corte de cabelo. Tordos ao fundo naquela gruta na campina. Lembro-me daquele dia, eu andava de mãos abertas como se tivesse acabado de cometer um ato feroz, como se me pendesse uma arma de cada dedo, não tinha feito nada além de espiar meus pais na sua nova vida, os dois de costas sentados no sofá marrom de uma casinha modesta do outro lado da cidade. Onde só se veem plantações e areia. Dois velhos pacíficos assistindo à televisão com antena satélite, alheios ao filho que um dia tiveram. Como os combatentes do Vietnã, depois de meio século, se veem no supermercado ou no pub celta como pessoas sem história. Mais um tiquinho de uísque e acontece que assassinaram oitenta vietnamitas no Lago do Bambu. Duas lebres estavam pulando quando fui embora. Desde meu nascimento mamãe disse que sentiu uma premonição fatal como uma ave de rapina sobre nós cobrindo-nos com sua sombra. Havia algo na minha voz, antes de falar, meus irmãos, agora todos nas suas lápides de guerra, não eram assim, nem os outros meninos, e ela queria ver nisso o sinal da genialidade. Uma geração e outra, um regime após o outro, um aborto e outro vão passar pela porta estreita dos hospitais, vamos todos passar por lá. Toca o alarme, para o esconderijo, com as partículas de pó, lá embaixo vamos todos abandonar a irrigação, chega de cortar tarugos, abertas as mangueiras e pendurados os machados. Já estamos instalados no depósito e nos olhamos, meus pais e meus irmãos. Alguns compartilham o que têm, outros tomam o vinho com pedaços de uva como se mordessem búfalos no deserto. Eles os deixam cair nos sapatos, a casca com penachos, os cadarços amarrados com gema, os dentes emplumados. Os vizinhos vão dormir, há três que se tocam, se roçam, a lubricidade brota em qualquer lugar, nos canos do esgoto da prisão russa, nos chamados bebês-munição. Com três anos já podia ver os olhos coceguentos em pleno toque de recolher. Com três anos defecava na frente de todos nas guaridas e era mamãe quem me limpava com seus lencinhos perfumados. Agachar para fazer as necessidades num canto sem que uma brisa esfrie minha bunda endurecida, agora veterana. Cada vez que me agacho eu a vejo fazendo um sinal para mim, tão doce, cubra o rego filho, cubra o rego meu bebê, com a calça arriada e molhada eu passeava entre as pernas dos adultos e ouvia; fechem as demarcações, vamos voltar para a moeda, que os enfiem num carro, outros pediam para ouvir a sirene. Minha infância era um poço cheio de répteis enrodilhados. Memórias de homens e mulheres trançados e eu gargarejando de cabeça para baixo, papai gostava de mostrar essa graça. Olhem, olhem, por favor, o pequeno com a cabeça nos pés, então me sacudia por baixo para que eu fizesse xixi ao contrário. Faziam a piada de me crucificar, a mim, o judeu, e aplaudiam quando meu jato disparava bem alto. Atire neles sua chuva bendita, abençoe-os como Moisés. Outros seguiam o comunismo com bandeirinhas e apitos, um, dois, marche, Stálin era o sonho.

O pior não é eu cair como um veterano das forças armadas dos Estados Unidos que se tornou mulher, o pior não é, já caído, por causa da poliomielite, da sarna ou da tuberculose, me tomarem por traidor, o pior é, prestes a cair, não ser capaz de responder ao olhar deles. Que está dizendo? me pergunta a sentinela. Guardas, peguem suas armas no posto 5, grita de repente. Alerta máximo, um movimento insubordinado foi detectado. O Comitê está avaliando suspender o julgamento e me devolver à cela por tempo indeterminado. Minha conduta está no limite, nego qualquer acusação, mas, mesmo que estivesse escrito no céu, eles não o veriam.

O velho a estupra enquanto outros a golpeiam com paus e apagam nela seus cigarros. Dois automobilistas descobrirão a vítima na primeira hora da manhã vagando pela rua com o rosto inchado. Sob custódia, o líder, um cidadão turco, tinha dito quando eu sair, vou foder toda a França. Um cúmplice, por sua vez, admitiu que havia agredido essa jovem, porque ela era francesa e ele não gostava das mulheres francesas. Esses imigrantes subsaarianos estavam indo para a vizinha Líbia e possivelmente para a Europa quando seu veículo quebrou na região nortenha de Agadèz. Morreram de sede. Cravar quatro árvores ao redor montar um genial estande de vegetais orgânicos, dizem os franceses, e é essa a humanidade que nos oferecem? Alimentar-se de forma saudável, evitar o câncer e votar na esquerda. Meu cu é mais ecológico do que aquelas árvores cravadas por vocês que estão do lado da lei. E depois passam o tempo entre México e Nova York, é perigoso, depois todo mundo vai querer ser como eles, passar seis meses em Acapulco é que é nocivo para o planeta, não os terroristas. Não, espere, se eu aceitei não ter advogado é para me defender com minhas próprias palavras, não é apologia, não é apologia de forma alguma, onde está a apologia? É seguir um raciocínio até o fim. Seguindo o raciocínio, eles são nocivos, não os que andam armados. Querem que eu me flagele, que enfie um saco na cabeça, que faça um jejum vegano e me declare integrante de um complô. Ninguém se impõe uma vida. Ninguém se impõe o rigor de uma paralisia. Os laços familiares são um problema mental, meus irmãos viriam me ver se não fossem uma pedra com inscrições já apagadas?, meus pais viriam se não fosse o filho bobo? Como estou magro, acabar feito um nada sem cueca num tribunal. Acabar como um prego vestido e mal respirar. Estou aqui enclausurado nestas paredes como muralhas em escala divina, ninguém quer me ver e eu não quero ver ninguém, meus pais viriam de mãos dadas para me trazer um doce num domingo qualquer se soubessem como estou magro? Pelo menos, isso, a morbidez por comer, coma, coma, não faço outra coisa durante o dia além de ouvi-la dizer coma, coma, desprezo e desperdício.

Eles vão me dar quatro mil e quinhentos anos, mais anos do que Scilingo, a ele prisão perpétua mas não lhe disseram o número, até que ele morra, para mim eles vão especificar o cálculo. Eu me sinto culpado, aceito se a justiça vier falar, talvez até me deem uma redução de vinte anos por comportamento exemplar e boa-fé, há uma diferença, eles são tão culpados quanto eu. Na minha primeira masmorra as penas caem e se espalham. Noite endiabrada e colorida no pavilhão. Os outros detentos as cospem repelidos durante o sono quando o vento as atrai. Passa a noite corretiva, fermentada do homem sem desejo. Do outro lado no leste as mulheres pegam o dinheiro e enxugam a cabeça dos assíduos mas sexo nelas é libertação e, no homem, imundície e jugo. Elas se dizem camaradas. Roçam o corpo uma na outra, roçam as vaginas, as emprestam como armamento clandestino e guerrilheiro. Do lado oeste há outras vítimas, quantos tipos de vítimas há, quantos pontos cardeais. As vítimas que não se veem, as que mais sofrem, os bebês espalhados em sedimentos dissecados. Chorei durante toda a primeira noite. De uma torre do castelo à outra, isso é chorar, a verdadeira miséria. Minha mãe fez de tudo para que eu vivesse, não deveria ter feito tanto esforço, era melhor fechar as pernas me evitando.

Você, mamãe, estava na sala de espera diante de uma mesa de centro de mármore, havia um cheiro forte de incenso que não me deixava sentir seu cheiro mas sei que você estava esperando e controlando a hora. O professor disse que você podia ir para a sala mas você preferiu ficar. Nunca estudei piano, falei assim que sentei no banquinho. Ele me fez mostrar as mãos nuas e indicou onde ficava o dó maior, minhas mãos mais largas do que o normal sobre as teclas. O professor fez um gesto de desalento, pigarreava, sentou-se numa cadeira baixa e sem falar me fez seguir seus movimentos indicando uma breve melodia, de vez em quando batia nos nós dos meus dedos com uma lapiseira criticando o fraseado, o mecanismo dos dedos a viva voz, minha mãe embaixo do cabideiro e com o nariz enfiado em alguma revista devia estar ouvindo tudo, os detalhes. Deixei cair as mãos no meio da aula e isso o irritou. Ele levantou a voz para mim, as mãos no teclado sempre, sempre, as mãos no teclado. Eu só esperava que a hora terminasse para poder sair correndo para a rua escura, arborizada, numa decadência pomposa. Na sala de espera mamãe virou a cabeça, colocou o dinheiro dobrado na mesa de mármore e saímos para o inverno. Lá fora alguém queimava uns arbustos num dos quintais daquelas casas de outra época. Uma fogueira que imaginei iridescente.

Não tenho dúvida de que tomei a decisão errada. A coragem e a verdade são extremamente raras. Já estão a par, não fui um herói nem um bom homem, as duas únicas opções. Nunca tive a menor ousadia. Minha vida me parece de uma nobreza estreita, o que eu fiz e escrevi desapareceu do horizonte como se dissolve um temporal que não se desatou e os funcionários levantam as cercas e os sinais de emergência, as caveiras de perigo, as vezes que me obriguei a viver, quem pode se lembrar ao menos de um pormenor. No dia em que desabei, no dia em que pulei de cabeça numa ribeira, no dia em que meu coração batia forte, na vez em que escrevi cem páginas, quem poderia contabilizar fatos reais do passado. Aos velhos resta o presente estático, o desejo minguado, um vaso sobre uma mesa, o mesmo quadro escuro por gerações, uma ruazinha numa cidade tenebrosa. A longa paixão compartilhada é agora a antessala do fim. Muito em breve você não será mais minha mãe, deixa-se de ser mãe algum dia mesmo depois de ter parido e então você será uma mulher que compra uma planta numa cidadezinha ou é cumprimentada por algum vizinho e nunca pariu. Se estiver a salvo do Tribunal, se não te chamarem para depor, este fim de verão terá sido o fim das últimas tentativas. Agora você tem a máscara de velha, mas eu me lembro, como se lembra de uma tapeçaria bordada vista no mercado de Istambul numa tarde de neve, mas eu me lembro, como se lembra nitidamente do primeiro filme que vi no cinema para adultos de La Charité, me lembro como se lembra de ter brincado com os soldadinhos numa banheira improvisada, me lembro do desejo que tinha, de como tentava morrer por sua causa, de como não te via como meus companheiros viam a própria genitora. Então nos será imposto o sol brutal da razoável realidade, um almoço no feno com crianças e nuvens distantes que não trazem aguaceiro, e a carteira de identidade dos idosos chegará a nós dois pelo correio estatal. E todo o declive e todas as opções falsas.

Eu já tive sete anos algum dia, ou aqueles que cruzam por mim com a toga jogada nos ombros acreditam que nasci assim. O que ninguém vê. Uma relação entre um homem adulto e uma garotinha é possível. Uma relação entre um garotinho e uma mulher adulta é possível, mesmo uma mulher muito adulta. Acham que somos desenfreados, pensam, esse filho da puta o que ele quer é pegar e sentar a menininha em cima dele, a não ser que esteja tudo claro e a garota vem e quer fazer isso. Se ela quiser fazer, ela vai conseguir, mas da mesma forma eu vou lhe dar felicidade deixando-a sentar-se, a mesma coisa para a mulher e o infante. Não sei o que dizer, já disse que estou igual a um chocalho.

Podem me trazer papel e lápis? Chegam com doces preparados por algumas admiradoras. Cada condenado tem a sua, é muito tentador se apaixonar por um criminoso, mesmo que ele não tenha matado ninguém, é excitante se apaixonar por alguém que se atreveu a destruir, recebo mais cartas de amor agora do que em toda a minha vida, todo dia duas ou três anônimas querem me visitar. Já sei que você deve estar perto de um lago em alguma cidade com pontes romanas, já liberada, e você não vai pensar em mim, você não sentirá nem ódio, nem ressentimento, meu rosto não aparecerá no seu rosto, nada me evocará, nem paisagem, nem música, nem o ar seco do verão, nem o cheiro de protetor solar nas minhas longas mãos, nem o azedume das vacas na terra, você não terá nada a esconder quando te perguntarem se você foi mãe, não terá que se envergonhar como um dia aparece um diagnóstico e você sai do consultório médico e é toda a sua verdade, você não vai se lembrar que me abandonou à própria sorte, você não vai pensar que em algum parque ou acostamento estou rondando com sua fisionomia, espectro seu. Que alguém em algum lugar replica seus gestos, tem seus dedos, sua maneira de andar. Um dia, quando você se levantar, já vai ter saído do seu peito a lembrança de ter sido minha mãe, ter sido mãe será como ter sido jovem ou ter roubado. E então já não serei em absoluto um filho e não seremos mais que duas pessoas que podem se cruzar num posto de gasolina ou num pedágio. Ter me concebido não significará um curto período, algumas horas, alguns anos, como os filhos esquecem os nomes dos pais ou param de pensar neles no segundo ou terceiro aniversário da sua morte e em seguida esvaziar as casas e ventilá-las e passar uma demão de tinta, como diante do morto ao qual vai se dando baixa conforme são cumpridas as datas do seu falecimento.

Fantasia de uma noite de prisão. A polícia vai me parar em alguma fronteira. Quando eu ficar sem álcool, quando a última coisa acabar atrás das portinhas secretas e dentro das meias, irei à loja de bebidas nos fundos das instalações para reabastecer e lá os vizinhos justiceiros vão me amarrar e me espancar com um martelo. Aproximar-me de um carro e atirar a dois centímetros da têmpora do motorista. Vou fracassar, sereno, pá-pá, mas deixarei no rastro do meu revólver fumegante um jorro de sangue caudaloso que se espalhará pelo chão e pelas ruas dos emigrados. Cantat, Burroughs, Simon John Ritchie, Aaron Hernandez e mais, letárgico, agonizar de pé, cavar-me, desaforado, nos meus movimentos, como um menor numa guerra a laser ou no fliperama. Agora mesmo a visão à meia-noite sair pelos *checkpoints* para reunir coisas fulminantes. Meninos nus procurando ouro com seus sexos de diamante.

Eu, o defendido pelas elites e pelos acadêmicos, disposto a passar para o outro lado, a cometer um crime, fazer saltar essa *cave* perversa, lançar-se ao pátio interno pela janela corrediça tendo no pescoço o tubo da traqueostomia. A juíza olha para mim. Está olhando o quê? Tenho mãos escleróticas, ao que parece. O taquígrafo de tribuna com os sinais rápidos. Códigos impostos. Encurvado, metido em sua burocracia. O julgamento continua e ninguém nem vai ao banheiro há mais de onze horas, as bexigas têm muita resistência. Esse julgamento é histórico, ouço dizerem. Olho para eles sem orientação sexual nem devaneios eróticos. Lá fora Paris e o esnobismo, o romance mal contado, consumir até a última gota do Sena. O circo de Céline. O sepulcro de Balzac e outros do século XIX. Antes uma cantilena para crianças, a vida acidentada, áspera e quase sempre mesquinha, e de tempos em tempos um raio de luz. Um devaneio violento, Paris escrava de Alá. Saio num intervalo com a camisa molhada. Deixo minha lábia racista descansar, deixo minha boca de lábios finos cair como um fuzil descarregado. Eles vão me fazer pagar caro pelo que eu disse sobre Alá, os muçulmanos, os judeus, as associações antirracistas, os comunistas com sua felicidade programática. Embora todos eles saibam mais do que ninguém que isso é verdade. Eu me detenho num banco e os mais velhos olham para mim. Pigarreio. Os poucos jovens na sala estão entediados e o sinal é ruim. Lá fora trepida a Paris não demolida. Assassino. Contra minha cerca. Assassino, assassino, morte a Israel, boicote a todos os seus produtos, especialmente as melancias, quatro corpulentos homens do Mossad me escoltam.

Mamãe tinha chegado aos oitenta, foi uma das últimas vezes em que a vi sozinha. Esperei por ela com as mãos congeladas no estacionamento do seu café favorito. Queria tê-la levado a um salão de chá inaugurado em Henrichemont em que, dizem, tem bolos caseiros, chá orgânico e uma roda de mulheres da aldeia tricotando e falando no inglês dos filmes de época. Nós nos sentamos no canto mais ensolarado com as bandejas de plástico. A mesa sem toalha, sem bordados, as xícaras sem alças, grosseiras. Lá fora troncos e a pouca juventude da área fumando, alheia à velharia. Nós dois já antiquados, se alguém nos visse não pensaria que temos o mesmo sangue nem que dormimos juntos. Em vez disso um casal em que a deterioração das batalhas os levou a dormir separados e que um envelhecera mais rápido, embora o outro fosse alcançá-lo em breve. Como dois velhos na hora de ir dormir andando pelo corredor do apartamento, passinho por passinho, e cada um sabe quem apaga a luz, quem olha as fotos nas molduras, quem se lava primeiro, quem se despe, quem tropeça nos chinelos, quem enterra quem. Ela sentada ali depois de tudo, como quando vinha coçar minhas costas, como quando ouvia minhas bobagens aos oito, meus relatos de aventuras, como quando li uma frase inteira para ela pela primeira vez. Turbilhões familiares, ciúmes, espasmos, chamadas de madrugada, oferendas, semear, colher, roletas-russas, tudo havia ficado para trás, a velhice liquefazia tudo.

Vejo pelo vidro do camburão que me leva de volta à prisão as capelas, as torres em pé depois dos incêndios, oito incêndios, nove, seguidos, carvão sobre carvão e depois avalanches com as cinzas negras, há algo mais puro que as cinzas de um vulcão? Os mortos nos mausoléus, trechos da história repetidos, como páginas exatas de vários volumes idênticos, a Igreja de la Madeleine deserta. É uma pena ficar sem dormir com a garganta de monge casto. Levo uma vida vivendo todo o vivido, dor, luto, luto dor. Por aqui já passei, por aqui, e por aqui, ruídos grosseiros da sua presença avassaladora. Não suporto nada de Paris, nem a chuva ácida nem os aquedutos com cadeados nem o flerte. Nem sua língua românica de erres puxados desde o berço nem Heloísa e Abelardo nem a liliputiana da Edith nem o tétrico Père-Lachaise. Derrubem Paris. Desnudem-na. Abatam-na. Destrocem-na. Voltem Venezuela Guantánamo Paris. Façam-na pular pela cornija como os funcionários das telefônicas, os mais sangrentos são os que ocupam cargos elevados. Não queria me tornar um homem que chora, não tenho pinta de artista, vejo de longe os cartazes dos artistas colossais. Aquela fileira em que minguamos juntos, você se lembra?, cinquenta anos de uma só vez. Poderia ter tido uma vida de concerto em concerto. Poderia ter sido meu próprio Schubert fracassando na ópera por falta de fôlego dramático e triunfando no *Lied*. Um porto impressionista debaixo d'água. A embolia, as violações com os dedos e as batidas nas portas que se vive na juventude teriam tido forma. Os trilhos de trem com explosivos e as trepidações ensoladaras nos bares das locomotivas. As banheiras alemãs de pé e mármore, o strudel como um redemoinho nos grandes salões de ouro nazistas, meu corpo nos porões do salão tcheco, ajoelhar-se na ponte do canal ou em frente à Notre-Dame, babando no ônibus de um andar, os grosseiros espiando e aquela morbidez criminosa em cada novo estaleiro. Cada pedra calcária, cada colchonete, cada cais, cada janela britada, cada luz apagada imediatamente nos tapetes e nas garagens revolvidas poderia ter sido minha vida, mamãe. Toda vez ensanguentar as paredes e os cortinados dos reis. O enforcamento. As cidades amanhecendo, os enormes peixes coloridos, os vagões de regresso, os louvores do mundo e as taças detonadas. E o castelo onde se pode cantar numa língua ariana para os pássaros fora das árvores. Ovos de chocolate nos restaurantes dos despenhadeiros ao mar e cassinos suntuosos na margem, poderia ter sido. Não dou a mínima agora para experimentar como um cossaco, ir a uma festança fedorento, fétido. Pau suculento, arma enferrujada, tenho como testículos um pato contagiado. Eu me esquivei. Eu me aborreci. Por volta da meia-noite, e giramos e nunca liquidamos. Não resisto a que tudo possa ser cancelado. Os homens do Mossad me tiram do camburão fingindo ser brutais, me acompanham até a entrada da penitenciária e me desejam sorte.

Obrigado, meritíssima, pelas calças, são de muito boa qualidade, Made in Bangladesh. Eu preparei um breve texto que espero que ouçam. É preciso ver quando sai e quando chega o disparo. Espere que eu me ponha aqui diante de vocês por completo, todos vocês já me conhecem. Estar atento para detectar o sobressalto, intuí-lo. Mas eu não acredito no amor. Nem um pouco. Que alguém me diga aqui, já que madrugam e ficam sentados o dia todo, quem pode acreditar no amor, aquele que vocês propõem, aquele que vocês pregam e legislam, que vocês chamam de instintivo, o outro sim, mas teria que ser batizado. Tinha seis anos e à noite sabia se era um disparo o que chegava ou saía das montanhas, se era do inimigo ou do aliado, se era um disparo prestes a queimar o cerebelo ou um pardal mensageiro que se atirava ou se abatia de bruços no tanque de reserva. O ódio é uma coisa boa, eu fui feito assim, é o que me censuraram, mas é o melhor que pude herdar e estou muito agradecido a eles, permite avançar entre as folhas altas a braço largo e amortecer o impacto do projétil, permite se masturbar e ficar deitado em vez de sair para a revista. Ver a folhagem. O rancor está fugindo do meu controle, um rancor genético, religioso, desatado. Não posso tocar Rachmaninov. É muito físico, nunca pude tocar nada, as mãos frouxas. Se ao menos eu tivesse tido coragem nos últimos dedos, nestes, olhem. Não coragem na mão inteira, não nos dez dedos, para ser Horowitz me bastaria ter coragem nestes dedos, dois ou três mesmo que fossem de uma só mão. Os únicos sobreviventes dizem isso, é o mesmo comboio tapado para todos e apenas os audazes regressam. Tudo transcorreu, verões, acampamentos, névoa e genitais nas costas no fim do dia. Vocês nunca têm essa impressão? Caminhar acossado por uma abelha, ela nos persegue, zumbe perto de nós, nos humilha. Ter tocado para eles pelo menos a *Kreisleriana*, Op.16, 3. *Sehr aufgeregt*. Tudo tem que começar na verdade. Tenho ciúme de quem alcança a meta com o coração frio, ouço minha própria coruja algemada. Erro as páginas. Uma e outra vez lá fora limpando a colina e as casas mergulhadas nas próprias fossas.

O senhor foi visto tocando suas partes íntimas e em estado de exibicionismo perto de uma escola nas imediações de Cosne-Cours-sur-Loire. O que tem a dizer?

— Por quem?

— Visto, senhor, a identidade das testemunhas é protegida pela lei, mas lhe asseguramos que foi mais de uma pessoa e em reiteradas situações, não apenas uma vez na saída da escola, mas também perto do campo de rúgbi no dia do campeonato, atrás do aqueduto e do canal.

— Não posso saber o que estava fazendo.

— Foi visto, senhor, há provas e testemunhas.

— Mas quem viu.

— Viram.

— É fundamental.

— Com seu membro, numa atitude claramente lasciva, não poderíamos dizer se numa sessão onanista, mas temos descrições precisas, não queremos entrar em detalhes para não incomodar a audiência e o senhor, mas se não confessar...

— Não tenho nada a confessar, tenho uma infecção urinária há anos e pode ser que em algum momento ao sair para urinar no meu jardim privado tenha me queimado um pouco e isso faz com que eu tenha de tocar na área, uma pequena coceira, a região carece de urologistas.

— É melhor falar a verdade, assumir, isso é mais lamentável, em algum momento tem que assumir, o que fazia com seu membro ao ar livre, por que se tocava em público, sabe, é melhor do que todo esse rodeio da infecção urinária.

— Em algum momento, tendo essa idade e sendo meus últimos momentos, posso ter me deixado ir, que tenha parado de me controlar, mas tenho uma idade em que qualquer tropeço, qualquer manhã, qualquer desjejum mal engolido é o fim.

— Então pôs o membro para fora na frente dos outros.

— Pus para fora, estava em estado alterado, foi mais forte que eu mas sem nenhuma intenção nem olhando para ninguém, sozinho, como uma vara de pescar num líquido sujo e barrento, enquanto a partida de rúgbi entretinha a todos e ninguém dava uma olhada para ver o que eu fazia ali.

Tragam os declarantes. Primeira testemunha: Juro dizer toda a verdade, em nome da Lei, da Pátria e de Deus. Em nome da decência. Mas não é pertinente, a testemunha não deveria estar num lugar que deve ser ocupado apenas por procuradores, magistrados, advogados e secretário. Declaro ter visto na noite de 24 de dezembro uma sombra brilhante com igual compleição e forma que a do senhor e que corresponde em tudo ao acusado. Juro que o vi levar a garota para os fundos da sua casa como um lobisomem a teria arrastado. Mais tarde notei o carro desse homem estacionado atravessado na descida para o último rio selvagem da Europa. Como o Loire estava alto naquela noite, lá embaixo as árvores nadavam como esqueletos. Ele havia deixado as luzes da sua casa apagadas e o que poderia ser um candelabro aceso porque se viam chamas alongadas tremendo na parede. Se a meritíssima me permitir, minha obrigação como testemunha é dizer que não devemos ficar calados, devemos irradiar a verdade nessa matéria fosca. Não parece um raciocínio justo, velas, luzes, um carro atravessado na descida do rio, uma sombra brilhante num dia 24 de dezembro pode ser qualquer homem ou uma arvorezinha decorada. Não há lugar para intervenção. Estão me vetando, me censurando, não sei se o senhor não se confundiu de caso. A pergunta não é pertinente, outra pergunta, por favor. Um acareamento entre a testemunha e o réu em que o réu não pode perguntar, que ótimo. Era o senhor, outros vizinhos também o reconheceram, ninguém mais desce para a margem do rio naquela hora, ele tem o hábito e costumamos vê-lo de madrugada, imediatamente reconhecemos sua figura e seu jeito de andar, sua silhueta. Daquela vez, além disso, a boca dele estava entreaberta, a boca é para comer, não para isso.

Eu poderia reconhecê-lo entre um bando de morcegos revoluteando sobre ele, mordendo seus cílios. Silhueta, disse vossa senhoria? Protesto, por quê, se supostamente eles me viram, ninguém me parou?, como, se veem um velho nojento levando a criança, não o interceptam? Não tem cabimento. O acusado era ou não o homem que você percebeu que levava a menina na noite de 24 de dezembro? A pergunta não é pertinente porque acarreta uma acusação incriminatória, por que não lhe dá um papel com a resposta? Assim vamos mais rápido. Negado.

Segunda testemunha: Mesmo que seja um dia de inverno com um sol refulgente este senhor sempre está com as cortinas fechadas. Ele só aparece na porta para levar o lixo e pegar o jornal ou seus pacotes de papel pardo com suas cartilhas, livros ou manuais. Chamava atenção de todos como uma das pessoas mais estranhas da região e conseguiu dominar a técnica de ficar invisível. Há poucos dias e até a detenção ninguém mais o viu, vivia como a matrona dos cães, retirado e sem ver a aurora, alguns diziam que, ao passar pelas janelas fechadas, o cheiro os fazia desmaiar. Naquele dia, alguns ciganos dizem que ele vomitava de tanta excitação, que parecia estar flutuando, sabe? Como na paixão. E isso provaria o quê, vossa senhoria? Pergunta não pertinente.

Terceira testemunha: Acredito que o senhor é completamente inocente de todas as acusações. Não sou cúmplice dele por me declarar a seu favor, além disso não tenho nenhuma relação com ele, sempre o vi como um vizinho qualquer, acho que uma ou duas vezes o vi levando o lixo para fora e entrando rapidamente sob relâmpagos mortais. Acho que o homem pode ter feito alguma coisa com a criança, sim, mas se isso aconteceu vai saber se o Estado não é cúmplice, se não foi um suborno, entende? O Estado o deixou fazer, ele cumpriu o que o poder lhe ditou, então eu não o acusaria diretamente, procuraria as causas do suposto delito e quais ordens dia após dia vão levando o cérebro de um homem a optar por tal ato.

Papai já havia abandonado as andanças e me convidou para beber algo sem que mamãe soubesse. Nós nos sentamos numa taverna, pedimos algo forte, mas sem tomar, sem tocar nos copos, sem que nada aparente acontecesse entre nós, os dois encurvados. Depois de estarmos sentados de maneira idêntica, eu o vi chorar. Foi de uma hora para outra, o lugar não tinha música e ninguém nos observava, não havia televisão, só um cara bebia lá no fundo e uma barra de pole dance vazia com luzes coloridas mas sem corpo. Não sei como desabou. Não me lembro se ele cobriu o rosto, que expressão ele tinha nem se me disse algo.

Alegação final. Negada. O mundo demente gritando meu nome. Que piada boba, às vezes sou tomado por esse humor infantil. Sou um alienígena, eles querem que eu diga isso. A cabeça dos soldados russos zumbe, eles disparam ao acaso, dá para ouvir os passos e o bafo das milícias alemãs, mas não podem vê-los por causa da fumaça, disparam como eu, de ouvido. O Marechal nazista não é devolvido em troca do filho do Guia, o limitado não sabia nem atirar, também que ideia maluca esses hierarcas nazistas, trocar o filho refém do pai russo. Com o passar dos anos o inimigo das SS se torna antissemita, por frustração, por ciúme, e dois milhões de judeus são enviados para os gulags, incluindo o namorado da filha. E enquanto isso, em Belleville, todos os operários de uma fábrica fazem um presente artesanal para Josef fundindo ferro. E Paul Éluard continua tão apaixonado que seu coração dispara. Oh. O que fariam sem mim, cegos como filhotes de gatos sem saber reconhecer o inimigo. Não se pode mutilar moderadamente uma mão. Se a morte me espera não me fuzilem, quero poder tomar o veneno eu mesmo, implorou seu melhor amigo por carta, mas não pôde ser, que pena. Em 4 de março de 1953 Josef agoniza sozinho em seu quarto, ninguém o ajuda, nem mesmo seus médicos ali presentes, aterrorizados em tomar uma decisão equivocada e ser executados.

Isso também não é apologia, é uma imagem, quer dizer, estou falando como se estivesse escrevendo porque lá dentro não me dão papel. Vocês não podem tolerar que uma menina tenha morrido sem ter havido um assassino, sem que esse assassino tenha ódio racial, sem ter alguém para vingar ou julgar a portas fechadas, sem inculcar em mim a morte dela, mas os meninos se precipitam, rolam, se matam sozinhos, como os animais dos calçadões ao vazio. Como as tartarugas que não querem nadar até a praia ou as que se deixam cair pelos mirantes. Há crianças que nascem sem querer viver.

Se eu tivesse um prodígio total, se pudesse envenenar, só essa definição realmente me interessa. Eu te empurrei para a vala comum como Lérmontov, como o russo do globo de neve que ria antes de entrar e deixou que o globo voasse pelo penhasco como Pushkin no duelo. Madame le Juge, permita-me dizer, às vezes, é preciso dizer, são pura genitália as menininhas. Que vida que nada, genitália pura elas são para alguns, bundinhas pra cima como aqueles dois internos que interpelam o sacerdote por ter apalpado dois adolescentes enquanto dormiam, a pessoa está cheia e estoura em algum lugar, responde o padreco e depois tenta minimizar os fatos, porém mais tarde, diz, a gente está cercada de homens, antes do seminário eu fui para a cama mil vezes mas agora aqui a gente deseja alguns, e esse sentimento transborda. Pode ser que eu tenha me contido, cheguei a uma situação que não mais, a tentação é maior. Alguns são feitos de tentação, não é meu caso, meritíssima, não preciso de carinho, não sou tentado. Olhe, linchamentos de crianças estão na moda, o obsceno de oitenta ainda se desnuda na frente da menina de nove anos no trem de província, a mãe, não tenho ideia de para onde ou para o que ela estava olhando, mas o velho apalpou-a toda, ejaculou nela durante a bifurcação eletrificada, no pescocinho e na orelhinha, o pessoal do trem caiu de pau nele, até chegou com a calça nos tornozelos e sangue nas meias. Depois do acontecido, não se soube seu paradeiro. O que ele fez com a garota, enfiou os dedos nela ou o quê, abuso é abuso, o resto é mórbido. Ou seja, meritíssima, os trens e as cidades periféricas, as celebrações ocidentais são feitas de abusos, o poder incentiva tudo e depois faz cara de idiota, concebem crianças para o abuso que depois castigam. Quarto intermediário e novo intervalo.

Olhem-me aqui sentado encurvado como um corvo, assim, pedir sua mão, se fosse permitido pedi-la, se você tivesse mãos, se você não tivesse ido embora, se você estivesse viva, depois de ouvir "Tzigane" de Ravel. Assim ser respeitado um minuto, um segundo ter penas, espalhar olhos magnéticos. Me despertam da miragem.

Testemunho de um pedófilo encarcerado, experimento para ver se me identifico, *play*, sala de cinema improvisada. Inspecionam meu olhar, cada movimento da minha traqueia, como as cadeiras alemãs controlam minha respiração, anotam tudo que devo estar pensando. O homem fala semicoberto. "Já vi mulheres muito bonitas que parecem meninas, mas não são meninas, são adultas. Uma menina não tem nada de mais nem de menos, ela é a perfeição harmônica, uma alegria desinibida, a glória na terra, uma prece sensual. Meu líder alimenta seus roedores numa casa na Holanda, como apagar os vestígios do desejo pedófilo. As crianças aladas. Posso começar a sentir algo com um garoto de seis anos. Você não pode penetrar uma criança de três, de quatro anos, mas depende do que a criança deseja. Sempre leve uma toalha, você precisará dela para limpar qualquer vestígio que permaneça na vagina da menina. Como se controla o sexual. Como se controla o que é verdadeiramente humano. Como você controla o desejo de uma mulher de meter nela o focinho do seu cachorro, do marido de olhar, de ejacular no lombo do animal de estimação. É algo que nenhum de vocês que nos condenam e nos acossam sabe responder, vocês não nos dão respostas e só se dedicam ao mais fácil, ao mais pueril, nos oprimem e nos confinam, apagam nosso rosto nas entrevistas, picham nossas casas, nos desaprovam porque somos perversos, também não é uma má qualidade, mas conosco nascerão milhares de novos pedófilos. A cada hora uma mulher está parindo um deles em casa, no hospital, a cada hora uma mulher gera um novo da nossa série no seu abdome. Continuarão a nos sabotar e continuarão a nascer crianças que gostarão de crianças para sempre. Brincar com fogo nós brincamos desde o momento em que nascemos, diz-se que a criança também desfruta desse ardor inicial. Manter uma relação com uma menor, como não vai ser possível, é totalmente possível, o impossível é o que tentam limitar a açoites de lei, um porco no curral também pode ser amado, há homens que têm relações românticas com a lua. Eu sabia desde que aprendi a andar, mas meus sentimentos estavam adormecidos. Agora, subordinado às suas leis, estou cheio de tiques que aumentam. Não digo essas coisas na frente dos meus vizinhos, apenas penso nelas. Eu os acaricio com roupa e tudo, é o que nos resta, nos masturbarmos para dentro. O apetite eu sinto de vez em quando, quando estou muito sozinho, mas não deixo que as crianças o sintam. Me forçam a ser como outro homem a cavalo afastando-se a longas cavalgadas para longe de mim. À distância os aprecio eroticamente desde que sou moleque. Nunca gostei de meninos gordinhos, têm que ser magrinhos, atléticos, pra mim é como para um homem quando olha uma modelo, por acaso um homem não tem preferências?, os idiotas não costumam perguntar aos machos se eles preferem as loiras ou as morenas? Eu saí com um menino uma vez, ele era lindo, foi meu primeiro amor. Mas tudo dura até os catorze anos, essa é a tragédia dos pedófilos, a fatalidade deles, o amor mais radical que se possa imaginar, essa atração inconcebível acaba aí, como uma parada cardíaca, acaba tudo, o filme termina, 360 graus de preto. Aos doze é quando eles estão mais apetitosos, mas depois isso acaba. Ninguém entende o amor pelos corpos infantis e então o criminaliza, afasta-o de si mesmo. Os mais velhos são muito desenvolvidos, posso ver isso nos olhos deles, a depravação, mas os pequenos são uma experiência pura. Depois um dia acaba, a criança nos trai e volta formada, por um lado digo bem, aceito isso como uma limitação, não poderia ser de outra maneira, não podemos impedir que cresçam, enjaulá-los para que seus ossos não se estirem, guardá-los no formol, em vidros como os fetos estudados pela ciência, e por outro lado aquelas horas ou dias que se perdem quando são crianças são irrecuperáveis e você quer tê-los sempre à sua frente. Pois bem, deve acontecer o mesmo com o apaixonado, para vocês, por outro lado, existe a velhice, aí lincham qualquer idílio, estão se beijando numa campina e ficam com a boca seca e saem parasitas dos esgotos. Com crianças loiras vejo vermelho. Os políticos, a polícia, nos fizeram muito mal, não somos como nos mostram, vocês prejudicaram muito essa inclinação. Vocês são uns fracassados e se pegam conosco por ciúmes, como um vulcão preso numa banquisa, vocês só podem desejar o que lhes é permitido. Pedófilo, essa palavra te marca. Incesto, perturbado, isso nos marcará até a sepultura. Vocês me levaram para falar e depois direto para o calabouço, sem jantar." A fita é cortada. Silêncio na sala.

Só se pode viver em retrospecto. O terror privado de pensar na minha mãe e no meu pai. Mas eu tinha talento para me apaixonar, mamãe, nós tínhamos juntos quando nos mordiscávamos e eu enfiei a cabeça entre suas coxas, mas sempre tentei ser forte e não pensar. Eu sempre acompanhando a cena melodramática, as carícias no balcão da cozinha ou nas soleiras, lá fora, sempre necessitado imaginando ejacular em cima das sobras, ele te batia, te dominava e você se deixava dominar e então ele voltava quando você estava nos colocando pra dormir ou nos dando banho com aquele balde de água fria, esfregando a todos nós rapidamente com a mesma toalha e o mesmo jato. Você vinha, papai, e você era um disco voador e ela nos mandava dormir do jeito que estávamos. Depois eu acordava com o pinto duro.

O que tenho a dizer, promotor? Posso me sentar? Tenho que ficar parado, eu fico parado. Eu fico assim, não tem problema. Eles me dizem que não sou claro. O desejo é pederasta então, sigo essa hipótese. Não tem nada a ver com amor. Por que então o amontoam como enguias emaranhadas num tanque. Como ovos de aves de rapina e cadáveres de tartarugas no sal. Desejo é desejo, como vai ser legislado, é uma aposta no absurdo da vossa legalidade, da vossa coceira, ali onde me pegaram e me apontaram uma arma havia um casal de fazendeiros, católicos, moralistas, educados e dos mais simpáticos, distribuíam sua colheita entre os mais necessitados, mantinham um comércio de queijos, mel caseiro com gengibre e se via que tinham com os filhos uma relação de respeito, rigor e religiosidade. Mas o senhor marido gostava de enfiar os dedos no sexo das suas porcas, revolvê-las ali, estimulá-las, chupá-las e ter idílios anais com sua mulher na lama ao mesmo tempo que com a porca, depois o fazendeiro enfraquecido de chapéu e botas sacode o membro até ejacular no rabo da porca rosada. Sua mulher com os peitos à mostra por trás do peitilho de uma jardineira limpa a porca com um pano de prato que eles deixam ali para a próxima vez. E que importância tem isso, por que chamar isso de zoofilia, fetiche, depravação, desvio, talvez seus filhos possam participar mais tarde dessas cenas e acabem todos juntos estimulados e de quatro antes de serem chamados para jantar. Eu sou uma pessoa liquidada, embaixo da terra em Chernobyl vejo homens com os pés dançando na minha cabeça, comeram meu cérebro, eu não conto. Negociava-se com os soldados um minuto nas proximidades de Chernobyl em troca de dois anos de exército na frente. E eles iam com trajes espaciais, limpavam com luvas. Caíam na peste nos dias seguintes e até as famílias os cobriam sem poder olhar para eles. Minha alma está no sarcófago de Chernobyl. É preciso ir para o hospício, orfanato ou asilo. Na Bielorrússia entregam os deformados ao Estado e os fazem viver escondidos dos olhos do público. Às vezes são levados e misturados com aves de criação com tumores batendo as asas na zona de exclusão e nas matas vermelhas com esquilos como clarões. Socorro, vão me matar, socorro, vão me matar, gritei ontem na cela. Uma coleção de meninos surdos e retardados me conduzia pela artéria do delito. O que aconteceu podia não ter acontecido, ou o que não aconteceu podia ter acontecido, é isso mesmo. Ontem saí correndo como um frango sem cabeça e nenhuma escolta me viu.

E ainda assim minha atração romântica continua enquanto eles querem acabar comigo. Socorro vão me apedrejar desta vez aqueles que dão as injeções aqui. Auxílio. Minha mãe poderia ser um cachorro. Eu poderia ser um cachorro. Isto tudo poderia ser nada mais do que um canil. Minha vida depende do lançamento de uma moeda no ar. A de vocês também, então todo este teatro, esta seriedade acerca do pecado, esta acusação com papéis, estas denúncias quando ninguém conseguia se lembrar quem era um ano antes ou quem é quando a luz se apaga e o outro adormece. Escrevi uma carta imensa para a única mulher que desejei, se é que se pode dizer algo sobre o desejo sem se tornar um criminoso, escrevi em papel branco e com tinta de caneta. Pensei em entregar a missiva a um pombo-correio, a uma águia-real, mas não confio no homem que poderia abatê-los. Estou me tornando um diagnóstico. Quando criança eu via coisas incontroláveis, coisas que não estavam ao meu redor. Perseguia no ar coisas que os outros não viam, não eram foguetes nem aviões lançando mísseis, era algo assombroso. Tinha amigos imaginários. Alguns mordiam, eu tinha olhos infravermelhos que viam no escuro, foi o que me ensinaram para me defender à noite nos sacos de dormir quando condenados e retardatários entravam e abriam espaço para si mesmos. Agora os especialistas dizem que são efeitos da radiação da época, que todos os bebês abandonados nos berços dos orfanatos morriam sem nenhuma enfermidade visível. Nós te amamos, te amamos, meus pais diziam à beira das lágrimas, mas eram lutas que eles não queriam lutar e eu sei que uma ou duas vezes estiveram a ponto de me mandar embora sem que ninguém os visse, tinham planejado tudo. Montaram uma sacola com o básico, saíram, ela com um lenço, ele com um chapéu, para me deixar disfarçadamente em algum canto, é isso mesmo, um filho da ofensiva que é levado pelas alças até o fundo do pântano, o que ele é. Mamãe e papai tinham medo de mim e eu mesmo tinha medo de mim. Arroubos de um caso único. Meus pais avançando com a sacola, eu dentro, dispostos a me deixar ao pé de uma árvore ou pendurado em alguma maçaneta com a placa de vende-se. Meu processo se armou em minha natureza. Tão confuso que nasci com o olhar vesgo nos seus seios, meu próprio inimigo foi meu nascimento, até o parto tudo foi bem, ela havia depositado todas as suas esperanças. Todo este Tribunal montado com seus móveis, suas luzes, seus horários e seus microfones não poderia ser nada mais do que um canil sujo e sem licença das redondezas, paredes emporcalhadas com placas, inspeções fraudulentas e maus-tratos. Eu sei que não me entendem, mas de certa forma é isso que eu queria lhes dizer, se falamos a sério, se vocês quiserem deixar o ruído não há maneira de controlar o desejo, como as patas que arranham e coçam as nádegas da sua dona, não tem jeito.

O homem de bigode fino e olhos acinzentados acolchoa o porão, torna-o à prova de som e tece uma vida que não será contada por ninguém, então uma tarde ao sair da escola enfia ali sua filha rebelde, o teto sobre sua cabeça. O pai sabe que ela não gosta do que ele lhe faz, sabe que lhe faz mal, mas não pode evitar, essa dependência é mais imperiosa do que ele, ela lhe pertence, aquele porão é seu domínio. Depois ele faz oito filhos nela, alguns ele abandona, outros leva para criar com sua mulher. Mas dizem que pai e filha se sentiram magneticamente atraídos um pelo outro desde o primeiro momento. Durante o verão da puberdade, eles fazem amor num furgão de trezentas a quatrocentas vezes. Isso nunca foi contado pelos correspondentes, é o que dizem alguns vizinhos, outros contam que ele era um déspota, que dizia para a mulher, gorda, pare de comer e controlava cada garfada até fazê-la cuspir. Viviam o segredo como um túmulo. Ele falseava uma vida normal e saía para receber massagens nas praias da Tailândia deixando seus prisioneiros com os ratos e só voltava para revitalizar os cativos com suprimentos comprados de um atacadista fora da cidade e dar um *baby-doll* para a filha. Cada intimidade das casas, cada alpendre com jardim, cada decoração interior e cada garagem com cobertura na época de Natal têm seus desejos sexuais e seus derivados e cada família é um apetite incontrolável.

Não tenho mais palavras, meus dentes estão cerrados e não podem se abrir. Estou agrilhoado, fui caçado e espero sair com uma perna e um olho faltando mas anoitece e não consigo mais sentir a perna, e o olho que resta não vê nem os fulgores da estrada nem os ruminantes, um por um o pequeno salto inocente na calçada. Eu me inclino pelas pessoas que vivem no campo, eles não têm nada a corromper, o que eles vão corromper, o corvo que vem cagar na horta deles, eu me vejo forçado a ter que ser original, a ter que me mover como diante do Muro das Lamentações. O que vocês fazem é uma farsa, me faz pensar nos meus vizinhos, um dia ouvi o grito de um, um tal B., o homem mais sensato da comarca, estava sempre olhando o que os vizinhos faziam pela janela mas nunca se envolvia, comentando baixinho os infortúnios de viúvas, prostitutas e separadas, cauteloso, parco mas moralizador, um pouco 1942, e os vizinhos que apontavam ali, ali, naquele corredor mora a dona X. Até que um dia sua única filha morreu engasgada, um par de moscas daquelas que vivem presas no filme plástico da cozinha ou de abelhas que entraram na sua traqueia quando ela inspirou, o pronto-socorro local fechado. Tudo sempre fechado, fora de serviço, lacrado. Naquele dia pensei que fosse quebrar a janela com um martelo, que faria um incêndio florestal, uma agonia em grande escala, que gritaria esfaqueando o peito, vocês me fazem lembrar dele, suponho que ele morreu uma semana depois no seu beliche. O homem em todo o seu esplendor é alucinante, eles o tomam de refém no Bataclan, têm na cabeça o botão de explosivos, veem montanhas de corpos, mandíbulas misturadas com braços e cabeças e dois dias depois retomam o trabalho e vão para os bares de *happy hour*, porque o amor deve vencer. Outro vizinho torturou seu cavalo mais velho amarrando-o a uma roda e fazendo-o girar até quebrar suas patas, a polícia veio ao amanhecer, mais tarde ele virou pastor e ajuda em centros de caridade, dá aulas nas prisões, ajuda os moribundos, não se entende nada, eu sei, o que estou dizendo é que muitos encontram o bem, a redenção depois de cometer um ato violento. Ou o outro que desenterrou a mãe do cemitério da cidade para abrir a cabeça dela com uma chave de fenda para que ela pudesse olhar para onde ele morava agora, uma cabana mais para leste da região. O bem pode ser assustador e o mal, redentor. O bem pode ser nocivo, censurável, e o mal pode nos ajudar a sobreviver.

Sei quem você queria ser, papai, mas não se atreveu como dizia a se trancar numa torre que não poderíamos escalar até que você desse a ordem, nem mesmo como eu para acabar disfarçado de laranja. E agora você se atira aos meus pés e eu tenho que sair dando pulos como um impala. Vou levar tudo o que resta, todo o desconto, até chegar ao nível zero. Você sempre dizia que tudo está tão cheio de comportas que é difícil saber por onde devem entrar os pais e por onde os filhos. Você metia em mim nos corredores, cruzava comigo à noite como uma hiena, sempre dizia que era assim, que ninguém pode saber quase nada e com isso você nos enganava, principalmente a mim que não entendia se devia te admirar ou ir pegar a carabina. Todos aqueles anos de portas contíguas sem entender quem era quem, a qual porta ir e com que idade.

A velhice não me deixa opção, a garganta gasta, o ocaso do monarca. Sentado nesta espreguiçadeira, o mar ao longe, vamos ficando espalhados na praia. Alguns enfiam seus entes queridos no freezer e recebem o aluguel, o corpo da mãe coberto com lençóis dobrados e roupas. Tudo se submete à autópsia, o amor de uma criança, uma longa mentira. Não a verdade dos vivos sobre a dos mortos, ao contrário. Os mortos sempre têm razão perante a lei, os mortos sempre fazem a lei. Foi movido pelo menos duas vezes para sudeste num carrinho na mesma rota transbordante de veículos familiares. Nos arredores das estações de serviço com mesas de cimento ao sol. Aí onde reina a Constituição por trás se fornica e jazem entre árvores e excrementos os pais biológicos. A busca nem é lamentada. Vinga-se uma vida inteira. E aqueles que andam de motocicleta fazendo besteiras e gravam e fotografam seus filhos e são indecentes nos velórios. Aqueles que impõem mortes muito lentas com tubos de oxigênio, cabos e obrigam o resto a segurar a mão e negar a eutanásia em nome do filial. Os advogados são uma piada, eu olho para uma linda claraboia pela janela desta sala. Desde o início das audiências e interrogatórios penso *en boucle* isto não existe isto é um delírio bobo isto não pode estar acontecendo. Os advogados procuram me humilhar e são uns idiotas. Idiotas é um elogio. Há pedófilos que se contêm porque sabem o mal que causam, o que é isso de causar dano, tudo causa dano, isto causa dano, os juízes causam um grande dano, assim como há heterossexuais monogâmicos que causam dano. O que há no fundo é medo da polícia, o medo, a grande paixão do homem, é a única coisa que o segura.

Lá fora estão meus fãs. Esperam que eu estoure meus miolos indicando-lhes o caminho a seguir. Vêm me procurar como poderiam ir atrás do ganhador de um prêmio ou de uma estrela do rock. Alguns trouxeram flores e presentes. Não quero me mostrar orgulhoso como se tivesse realizado a façanha de escalar a mais alta de todas as colinas. Posso ler uma carta? Embora eu saiba que qualquer coisa pode ser usada contra mim, podem aceitar isso como parte do meu desejo final, em vez de um almoço no KFC ou cigarros de palha. Ao nascer eu estava persuadido de que tudo pudesse ser amor. Passo por um místico nessas câmaras. Trituro fármacos esperando. Antes tinha outra personalidade, sem pensamentos sombrios, mesmo nas trincheiras pensava que o mito era possível. Agora me encontro num dos corredores soviéticos com um bolo de dois andares e creme artificial para o grande ditador e não sei se ele vai atirar na minha testa quando eu lhe der o bolo. *Happy birthday, dear dictator.* Mais alguns dias aqui, semanas talvez, e minhas secreções passionais estarão completamente esgotadas e eu ficarei com um corpo de idoso com o pinto flácido sem nada para tirar pra fora, nem penas nem poções, imagino o granjeiro que gozava na porca do seu curral se agitando, mais mais mais ela pedia ao seu macho estirado, me dê mais. Não vou me arrepender de ter matado o inimitável. Nada no mundo, nem sobre a terra nem no céu não vale um segundo para nos aniquilar, ela sim, ela um dia me deixou como só uma mãe pode desmantelar um filho. Leio suas últimas palavras que começam a ficar datadas, já somos uma lenda perto da sala de reanimação. Me levam de volta algemado. Não me importa se ela não me ama, já é secundário que ela não me ame. O importante é nunca deixar de amá-la eu mesmo, velar por isso, que um dos dois mantenha a cera pingando na ferida. Este mundo está cheio de mal, o mal de que me acusam, se fosse verdade, se eu o tivesse provocado, seria apenas a consequência. Como se julga um prisioneiro de guerra?, como se ele tivesse vivido pacificamente?, como se ele não tivesse um cano apontado para a fontanela desde a primeira mamada? E, além disso, por mais impossível que pareça para o código, o submetido pode gozar mais do que o monstro que o submete e pedir que recomece. Eu durmo com meu corpo no porão. Aí brotou um sentimento sem precedentes, eu tinha dois anos, não sabia por que tinha de cair tão fundo, por que meus pais me faziam dormir perto de homens com balas no cérebro e com tanto apetite. Nem o que fizeram comigo justifica tudo porque nada justifica nada.

Fique sentado. Esse julgamento parece uma commedia dell'arte, pare de alongar as coisas e sente-se comportado, não banque o bobo da corte. O senhor é acusado de corrupção de menores, concretamente pesa sobre si a acusação de ter conduzido, na última véspera de Natal, uma menor cuja identidade não revelaremos nesta instância. A menor em questão, naquele momento, estava perdida nas fazendas e estábulos do *village* e ia aos tropeços até sua casa, talvez para pedir ajuda, talvez porque não pudesse ver por onde andava, talvez atraída pela única luz daquela estrada, infelizmente não podemos saber o que se passou na cabecinha dela. Não sabemos o que você estava fazendo naquele exato momento ou como a sequestrou, mas a menor aparece dez horas depois numa parte afastada da mata entre sua residência e a estrada, a poucos passos da área de coleta de lixo e do desmonte de carros. Não sabemos se você lhe ofereceu doces, se foi correndo encontrá-la, se montou uma armadilha para ela. Aparece, digo, estuprada e morta dez horas mais tarde. Os vizinhos são alertados pelos latidos enérgicos. Sua avó a perdeu de vista e, de acordo com a descrição coincidente de todas as testemunhas, você se aproveitou de uma circunstância tão calamitosa para arrastá-la até lá. Ao cair da tarde, a avó acreditava que a menina estava no jardim brincando de esconde-esconde entre os grandes arvoredos, ela a procurou por toda a noite de Natal até que pudesse ir à casa de um vizinho e ligar para a prefeitura, mas a agonia tinha acabado de começar. Não puderam vasculhar a área até o amanhecer, tarde demais, os cães estavam afônicos. Você já ouviu três cachorros afônicos soando ao mesmo tempo? As testemunhas afirmaram que a sombra do homem caminhando em direção à ramada mais densa era sua, sua constituição física, seu andar. E também encontraram o seguinte texto num dos seus arquivos. Passo a ler citando o presente acusado: "Eu só queria ver o que se sentia ao matar. Arrastar a cabeça pelo couro cabeludo. Temos o poder nas nossas mãos, a maioria quer fazê-lo mas não pode por causa do medo. Aqueles que conseguem controlam a vida. Mas você tem que estar com sede. Aprender o que é preciso para matar é como trocar um pneu. Na primeira vez você toma cuidado, mas na trigésima você não se lembra de onde deixou a porca do parafuso, sente o último suspiro sair do seu corpo, está olhando nos olhos dela, uma pessoa ali morrendo nas suas mãos como um relâmpago. Mate-a, mate-a. Isso é o que a mente nos diz. Não a minha, a de crianças que começam a falar. Depois de superado o momento de não posso fazer isso, é bastante agradável, bom, estou um pouco nervoso e rio com a inocência de quem pensa em matar só uma vez. Há uma garota rondando lá fora mas você sabe que poderiam ser seus últimos passos. A vida são episódios isolados. Sujeitos embaixo da sua janela esmagando o cigarro com a sola e falando besteiras ou vendo TV. Se não se apressarem, pode ser a última risada. Mas você não está decidido, não de todo. Atacar é mais uma digressão, uma contingência. E de qualquer maneira a morte mais escandalosa com os elementos mais truculentos se torna leve dois, três, quatro?, cinco? dias depois". É minha honra e privilégio como juíza sentenciá-lo pois o senhor não merece jamais sair da prisão, nada fez para controlar o que sentia e deu todo o seu mal ao mundo. Diga, admita, o senhor não fez nada para deixar de ser um monstro. Poucas vezes fui obrigada a estar na frente de um tipo como o senhor, fico tão feliz em poder condená-lo a nunca mais ver o céu, que o céu seja apenas um peso.

Eu me pergunto como será ter um filho que vai envelhecer, saber que você não verá seu sucessor envelhecer, aquela larva degradante, pausada, contínua, que não notamos e notamos bem de perto como uma águia de cinco metros numa praia quando já está em cima de nós. Penso em você papai não como velho mas como homem jovem, penso em você como o homem que foi antes, aquele que você poderia ter sido se não me tivesse. A angústia é a única coisa que não mente para nós. Você me submeteu às safadezas me deixando nos pelotões nas guaridas, nenhum adulto era adulto, eram só mais altos que nós no chão, eu tremia, como um objeto que não pode ser encontrado numa casa do século XVIII e é procurado a tarde toda, como um autista de capacete vermelho ao qual fazem rir para que não se atire contra a parede, você me deu minha primeira experiência quando eu ainda estava no jardim de infância.

Tudo o que você está falando contra mim não passa de hipóteses, eu vi o mundo ir para lá e o vi vir aqui abanando o rabo, vocês entendem tudo literalmente, nada mesmo, nenhuma ação pode ser literal, muito menos as palavras, como se pode levar a sério palavras escritas. Uma noite de amor também não pode ser vista como algo literal. Um julgamento deveria avaliar o que acontece no cenário posterior, não o lance visível. Nada do que acontece aqui e eu digo, e o taquígrafo anota e a juíza lê e eu volto a pedir a palavra e nada disso é real. São textos aprendidos. Todas essas notas encontradas no meu diário não provam nada, eram para investigar os assassinos, para escrevê-los, para entendê-los. Escrever não prova nada sobre o homem que escreve. O que alguém escreve não o descreve. Escrever não é viver. Viver não é nada. Assim como o olhar dos vizinhos cheios de ódio não prova nada sobre o acusado. Me dizem que tipologias como a minha não deveriam existir. Que eu devo ter nascido saindo da minha mãe como um caranguejo de costas destruindo seu sexo. Aparentemente depois da minha execução meu corpo será mutilado e incinerado para que as cinzas sejam lançadas num rio de drenagem ou num tubo com cloro. Minhas sementes junto com as baratas, ratazanas, epidemias de cólera dos bairros que estão caindo aos pedaços, não porque as pessoas são más, nunca é porque as pessoas são más, três, quatro, cinco gerações perdidas e aí estará o resultado do abusador nos trens suburbanos ou do depravado do quarteirão, bebês que nascem para cair ou ser deformados pela libido. Na Coreia do Norte faz cento e quatro anos da morte do avô e as criancinhas cantam o "Parabéns a você" para o grande patrono. O mundo é uma sucessão de roedores com rabo, uma sucessão de coelhos que se contorcem brancos e graciosos na estrada com os faróis nas suas pupilas dilatadas. A Coreia do Norte se prepara para uma guerra de tanques com os Estados Unidos e faz adolescentes viverem sem pornografia.

Joukov imitando os gestos de Stálin. Stálin cruza as mãos, Joukov cruza as mãos. Eu queria existir duas vezes. Sei que não valho a pena agora, a ignorância não me exime da responsabilidade do meu erro, transgredi a lei, mesmo que a lei esteja errada, mesmo que eu não tenha feito nada do que me atribuem e a lei seja um retrocesso de princípio. Um erro pior do que a ilegalidade, infringir algo injusto e pagar por isso. Há tanta confusão aqui, uma névoa se fecha como minha família. Não sei se nasci da minha mãe ou de outra, uma mulher que chegou quase me parindo e me entregou numa passagem para aquela que foi minha mãe, para depois se atirar do terraço nos cabos e telhados eletrificados. Fuga após fuga, não estou com os castigados. Não apareço na lista de excomungados. Nada mais distante do que declarar meu afeto pelas vítimas, elas já têm de sobra. As vítimas são as únicas que não são abandonadas, as únicas que este século escuta, desde que sejam vítimas ideais. De que sejam suas vítimas. O sistema as designa e nós compramos. O mercado as mostra para nós e acendemos velinhas. Esmagar a todos. Que venham engolir minhas últimas faíscas, o gotejamento é pobre e ácido, mas algo permanece. Que venha a cavalaria dos Estados Unidos para atacar na poeirada quente e suja, que venha o exército dos corpos pendurados. Joukov imitando os gestos de Stálin. Stálin cruza as mãos, Joukov cruza as mãos. Agora estou pensando na mítica viagem de volta de Giverny unicamente desesperado de amor, qualquer réu tem algum momento lendário para o qual voltar antes da detonação. O dia que uma mulher leu minha mão e viu que foram feitas para criar, a vez que mamãe professou que eu era alguém e se sentou para ouvir, uma corrida na frente da polícia em que levo meio quarteirão de vantagem ou uma noite de caubói com o braço erguido entre terras prateadas.

A pilhagem da Europa começou. O terrorismo alimenta o terrorismo e passamos ao ato, não por meio de complôs efetivamente preparados, copiam-se uns aos outros. Claro, a Torre Eiffel apagada em solidariedade aos ingleses. Desde o início do ano a Dama de Ferro mergulhada na escuridão várias vezes como resultado dos bombardeios em Manchester, Estocolmo, Londres, São Petersburgo, Quebec, Cabul, Bagdá, Minya, Egito. Sair para caminhar ao longo da calçada e acabar rodeado de tratores e montanhas de carros fora de uso. Desertar. Ser um estranho nativo. Faço parte da manada de homens que têm medo. Aqueles que têm medo não podem amar a guerra ou as mentalidades mortíferas. Senão, eu teria participado de todas as carnificinas heroicas.

Há vidas que começam em demolição assim como os pisos de um edifício em escombros não são remontados, meu coração inclemente, mas sofrer era pelo menos um modo de vida. Estou incapacitado, minha mão direita treme, meu dedo indicador dói incrivelmente. E no entanto eu escrevo, como um soldado deve permanecer com o corpo na terra mesmo que seus membros tenham se soltado, o capacete metálico no crânio mesmo que esteja acéfalo. Corpo na terra, soldado!, a ordem é a mesma para um historiador, escreva, idiota! Um amparo temporário. Os olhos que te viram como uma tenebrosa emboscada agitam seu arco fatal. Distante, ré, solitária. Conheço essa engrenagem, esse ciclo, apaixonar-se, amar e que tudo parta sem os véus em fumaça incinerada. Nossos pais envelhecem e morrem sem que possamos conhecê-los. Adeus, desconhecidos. *Au revoir*, velhos. *À jamais!* Se eu me mover um pouco, um passo para a direita, bum, tudo explode, esses carcereiros da democracia me mantêm algemado na sala de um metro e meio, os pulsos latejando rápido. Se eu não me mexer, bum, explode também, é o jogo na noite de penitência. Mexa-se ou não se mexa, minta ou diga toda a verdade, mije-se ou tente chamar um carcereiro, seja um terrorista ou um herói do país, deseje ou nada, você vai perder.

As meninas apreciam quando metem a mão nelas e ainda mais quando se trata de um menino de quem elas gostam, não há do que se espantar, essas meninas se deixam apalpar em público e em particular que lhes façam todo o resto, se eu estivesse no lugar de um menino para o qual olham ou rodeiam eu também não perdoaria, pelo menos eu já tinha metido um dedo lá. É ruim? Há meninas que também são putas, muitas se fingem de inocentes mas no fundo são mulheres e podem gostar tanto de um menino como de um senhor, o selvagem não faz distinção. As moscas-varejeiras voam ao meu redor zumbindo demais zzzzzzzzzz. Não ouço nada, não tenho ouvidos, os dois estão perfurados. Grudam em mim como arraias com ferrões, como sanguessugas. Antes que os pais percebam, é o fim de tudo. As crianças cresceram e foram estudar, pescar ou fumar crack nos aquedutos e a esposa que conseguiram olha apenas para a planície, como um *clown*. Então o marido pendura seu gorro de caça.

Se você tivesse dado à luz cinquenta anos antes ou se tivesse me parido cinquenta anos depois, se tivesse parido outro com meu próprio rosto, estaria sentado em frente às teclas e vocês no palco com binóculos. Talvez a rainha, quem sabe, na sombra. Talvez os próprios hierarcas me deixando tocar para eles. Todos de pé. Não tenho batimentos para oferecer. Escrevo no meu diário, poderíamos ter sido mais belos do que todos os comunistas metralhados nos tanques. Meu braço está dormente, não sai nunca, as folhas estão mal arrumadas, ondulações malvadas. Nem um único esplendor. O carcoma progrediu degenerado. Que comédia a enfermidade declarada. Que farsa a paixão entre dois e tudo o mais. O que aconteceu com meu futuro. Tive só um começo promissor no dia em que você me levou de calça inglesa e sapato de cadarço para ver o grande pianista e ele disse que via em mim o gérmen de um destino. Mas eu não consegui começar, você não conseguiu me ajudar, a história absorveu tudo. Que labuta uma tarde como a teoria do zero que você estava tentando me explicar entre tiros e pacotes de alfafa, papai, assim você não podia instilar em mim outra coisa a não ser o corpo na terra. Fui ver pinturas hoje entre as grades, me levavam nu e pendurado. Dois quadros de ninfas do século da física, aquelas maravilhas me espancam. Eu te vejo, eu te sinto aos doze, aos treze, uma impossibilidade. A única coisa que lamento é não ter te conhecido antes. O último desejo, o mais intestinal, o único desejo genético é ter vivido aquele fantasma, te tornar um corpo pequeno, pequenininho, te enrodilhar como um bebê, como o bebê enrodilhado que eu fui no seu corpo, uma noite num hotel afastado e sem esplendor, o vento desfila sobre a ribeira acelerado, seu corpo pode desaparecer num rapto atrás de um bosque ou de algumas dunas, em relâmpagos do deserto e descargas pode se elevar às alturas. Os edifícios de pedra vacilam. Antes eu mijo na sua boca, como os delatores mijavam na gente, abra bem a boca, te dá nojo porque você é pequena mesmo sendo velha, eu saio pelo seu nariz, não é tanto o que um homem quer no fim das contas. Atropelar. Ser a estrela dos seus genitores, ser sua causa, o rebento ideal. Voltar no final de uma longa noite deixando as marcas das pegadas dos seus pés pelo areal.

Chega de palavreado, esta é a última vez que vou falar na frente de vossa senhoria pois tudo é tão cansativo. São atribuídos a mim os crimes de tentativa de estupro, extorsão, roubo em detrimento da liberdade sexual. É atribuído a mim ter agido em qualidade e pleno conhecimento da lei número tal, que posteriormente quando eu terminar poderão pesquisar nos arquivos ou fólios, e inciso tal com vigência tal e tal com maioridade e nascimento registrado no ano tal, tudo isso pode ser verificado rapidamente e não tem sentido apontar agora. Já passei por interrogatórios no sistema acusatório nas audiências e de contrainterrogatórios, perícias, câmeras ocultas, fui claramente ameaçado, incitado ao suicídio e intimidado, rotulado de criminoso e pedófilo e, por fim, de simples flagelo social. Mostraram peças, evidências, procedendo a concluir e encerrar minha condição de algoz. Não espero agradá-los. Eu estava em outro lugar quando o crime começou, se é que aconteceu, se se desenrolou de acordo com o que foi contado neste recinto. Quero que vocês se perguntem se o fato de eu ser desagradável é um motivo para me imputar uma sentença definitiva, falaram de uma exibição de técnicas para garantir minha responsabilidade. Falaram de vestígios genéticos, agressões, lesões, intenções de acesso carnal, socos, ferimentos na zona bucal, fraturas, asfixia mista, estrangulamento e sufocamento. Violência de gênero e intenção deliberada de tirar a vida. Objetificação e plano criminoso feminicida para satisfazer meus chamados instintos inferiores. Me examinaram, me auscultaram, me fizeram toque anal, me extraíram dois dentes, mas não encontraram nada porque eu não tinha necessidade de matar, se fosse assim teria estripado um bisão sem ter que dar explicações. No entanto, me adjudicam um homicídio qualificado. Essa é uma péssima alegação final da minha própria defesa. Estou adormecendo enquanto o veredicto é anunciado, não consigo parar de bocejar. Não é uma provocação. Meus olhos estão se fechando. Saí para fumar e estou quase dormindo porque faz meses que me julgam como um homem que não corresponde a mim, que não sou, que não tem minha cara nem minhas mãos nem minhas impressões digitais por isso não me identifico com sua sorte porque não é a minha, desde o começo tudo está adulterado, seria preciso trocar o rótulo, a garrafa, o *doping* e o líquido para saber o que estão ingerindo. O perito lê e repete a mesma coisa por quatro horas de maneiras diferentes, repete e repete a mesma coisa indefinidamente. Cinco minutos de recesso e todos vão para o inferno. Nem mesmo o advogado de acusação permanece.

Eles a encontraram num poço tubular por causa dos latidos dos cães, pergunta; e se foram os próprios cães querendo culpar a si mesmos? Eles sabiam que deveriam ser sacrificados numa mesa com uma espada e poderiam ter corrido terra abaixo cravando suas patas, poderiam ter se escondido dentro de um camelo, poderiam ter nadado para outro município e ainda assim latiram até tornarem bem visível o poço, levaram todos os gendarmes para lá. Aqueles latidos eram tão agudos, tão sofridos que parecia que numa lagoa lamacenta um deles tinha sido pego por um crocodilo. Atenham-se ao caso do processo penal, começo a perder todo o decoro e lhe digo que realmente estamos fartos das suas digressões e que vamos tomar medidas que sancionem sua forma.

Aquele cheiro de capim queimado chega até aqui, as vozes são ordens, beliche, urinar no banheiro de aço, não se pode usar cinto, na cela de oito metros com uma janela para o exterior que tampouco é lá fora, um armário e um artefato sanitário com lavatório. Cela de sombras, duplo confinamento, por motivos humanitários apagam as luzes. Vejo meus pais em idêntica escuridão uma noite em que nos mandaram dormir nas cabines e parecia que iam se matar, não sabíamos qual dos dois cairia, cerrávamos os olhos, fazíamos apostas, nós a víamos, o cabelo esparramado, o pé torcido, nós o víamos, o queixo como um cubo apontado para o alto, mas os dois caíram e, depois de uma longa pausa que foi toda a minha inocência, eles se levantaram juntos, ajudando um ao outro para não perder o equilíbrio. As estradas provincianas com bancas de porcos e frutas, a areia clara e o calor, quase não os vi, tudo eram guaridas e súplicas. Agora é o último tempo, o das restrições ilegais. A parede de concreto, o pátio, passar o dia no calabouço, contagem de segurança ao se levantar, revista, mil novecentos e trinta presos, setor 1H. A cada novo dia se fazem quatro ou cinco contagens, a última às dez horas da noite e depois os percursos noturnos, pior que os da savana africana, pior que ser atropelado por uma tropa. No meu setor ficam os estupradores, em outro setor, em outro módulo, um matador de pivetes. Não tenho mulher, esclareço que não tenho filhas nem dinheiro para poder comprar na provedoria. Não venho com ninguém, não há visitas agendadas ou íntimas. Não tenho família. Não sou filho, não sou irmão. Alguns têm colher, a comida vem moída e os do meu pavilhão têm facas dobráveis.

Nossos genitores arruinaram nossa vida, nos ludibriaram, nós nos deixamos enganar, mentimos para aqueles que vieram depois, eles vão mentir para os próximos. Perguntei-lhes: por que nos enganaram? Aqueles que nos diziam que os meninos pioneiros de Moscou estavam ali erguendo os punhos e dizendo: Seremos como Ele, os libertadores, aqueles que são. No final, tudo se divide numa luta entre o bem e o mal. Eu cheguei a esta pergunta: sou capaz de atirar num sujeito desarmado num porão?, sou capaz de atirar num camponês que não se une à nossa luta na masmorra? A senhora, vossa senhoria, a senhora Madame, o senhor oficial, civis com voz e voto que vão me julgar, essa é a diferença. Todo o resto é acumular ruído. Você seria capaz de fechar os olhos de um aldeão com um clarão de pólvora. Naquele túnel eu estava armado e não atirei.

Estou usando um sapato marrom e um preto. Essas considerações não são tristes, são combativas. É permitido matar seu filho se ele discutir com você, assim é em outros lugares. Toda a União Soviética um grande campo, toda a Rússia convertida numa série de ilhas e lagos parricidas. As mulheres abortam com facas em liquidação nos mercados de domingo. Não preciso do paraíso que os golfinhos aplaudem e os pregadores patrocinam. Todos os dias a mesma comida, todo o ano a mesma comida. Só comemos carne quando um rato entra na cela, nós o pegamos, arrancamos seus olhos com algum utensílio adaptado. Arrancam os pelos dele e o colocam no fogo, e aí sim o almoçamos e não deixamos nada. A única solução que vejo é que tirem os assassinos do poder à força. Aqui ainda é possível, ali não, teria que haver um milagre. A outra coisa é se acostumar a bater palmas e aceitar virar zumbis, a língua lenta na hora de falar. Tenho alguma fé nos estudantes, eles são a única energia verdadeira. Dos escravos, dos escravos intramuros, de vocês, não espero nada. Você sofre porque não recebeu sua dose, me diz minha escolta e vai de novo. Controlar o coração, não para deixar de desejar, isso já está conquistado. Controlá-lo para não ser homem. Deixar os ratos andarem na frente sem chutá-los, deixá-los fazer cócegas em mim sem pensar em pular por cima. À noite vou ver quem eu fui, aquele outro me olha, com aquele olhar torto que um bebê tem, horror sorriso horror sorriso, com aquele olhar que não está olhando. As pessoas pensam que sabem o que são os campos, a prisão, os pátios internos, as rondas, os chuveiros nas treliças, o apartamento. A primeira lembrança que tenho é o cartaz com hora, dia e local da execução pública. Muitíssima gente como nos desfiles da Disney sentada com os pés na beira da calçada. Os prisioneiros obrigados a assistir ou execução por covardia. Amarravam-nos a uma corda e os detidos eram eliminados. O susto é minha primeira lembrança, é disso que ela é feita. As crianças trabalhavam nas minas. Outros eram deportados por não usarem a fórmula adequada para chamar o General, pedir pão pela manhã sem a receita camarada, usar um jornal para fumar ou se no jornal havia uma foto do Grande. Vinham buscá-los no meio da noite, separavam as famílias enquanto os demais fingiam que roncavam forte, eram meninos como eu que os via chegar à idade adulta num vagão lacrado.

Papai, você voltava daqueles quartinhos localizados no polígono industrial perto da cidadezinha de Blois, a vez que fui te procurar te vi numa cama de casal, travesseiros velhos, lubrificantes. Depois da hora, caso o cliente ficasse satisfeito com a mulher e pagasse o preço correspondente, poderia levá-la para casa. Eu fui te buscar uma vez. Gostaria de mudar sua declaração? O senhor se declara culpado? Qualquer um pode amar, inclusive como um louco. Amar todos se amam, qualquer um pode amar um pai, eu diria que todos amam o pai, todos de uma forma ou de outra se amam, o homem é um chiqueiro de amor, um gandula sujo de amor. Não vou mudar minha declaração, não chorei quando criança, continuo engatinhando, continuo babando, continuo na cadeirinha com o babador.

Estas, respeitável juíza, são nossas crianças. Isto é uma criança, isto pode ser uma criança, isto é gerado nos buchos. Meu filho vai ser uma arma letal, dizia meu pai nas tabernas, comigo sentado no balcão com cheiro de cevada. Meu filho não será apenas uma tentativa de homem como os bichos que esperam se transformar para voar e enquanto isso se apegam grosseiros a sua casca. Eu ouvia todas essas histórias quando estava na farra com papai, um menino de doze anos durante um acampamento de verão encontrou um menino de quatro anos perdido na área infantil de um velho parque, mas, em vez de ajudá-lo a voltar com seus pais para as cabanas e sem pensar duas vezes, puxou-o ainda mais para o meio da folhagem, estrangulou-o, atirou-lhe pedras na cabeça, despiu-o e meteu-lhe um pedaço de madeira. Quando questionados pela polícia sobre o motivo, os meninos apenas disseram que queriam saber o que se sentia ao fazer isso. Outros queimavam a barraca que tinham como casa e esperavam sentados a patrulha policial. Vocês, senhoritas, carregam isso dentro de si, é isso que vocês querem quando se deixam regar de frente, confeccionam isso por nove meses, vomitam isso devagar.

Já vou acabar, o verão está começando para os jovens, não para o velho que sai de casa e caminha vagarosamente pensando que vai pela neve queimando os pés. Hoje outra vez nas Champs-Élysées um carro terrorista colidiu de frente e incendiou um gendarme, os locais não tiraram nem baixaram a música durante a operação. Os outros gendarmes o sitiam para abatê-lo. Os chineses da aldeia comem rãs, insetos e peixes que agonizam no prato e sorriem com o garfo. As prostitutas masturbam homens em plena rua em plena luz do dia e os chineses ricos contratam gente pobre para ir em cana no seu lugar, mesmo que seja prisão perpétua, mesmo que seja pena de morte, e depois do acordo pagam uma boa pensão vitalícia à família. As asiáticas são capazes de se pintar como fantasmas, envolver-se em tules, injetar-se com substâncias que as branqueiam. Os cidadãos carregam animais vivos pendurados como chaveiros que duram até que o ar acabe e os sufoque. E há tribos e lugares em que se costuma nascer sem sexo nem gênero, onde o acesso carnal com os filhos é bem-visto, o que realmente é malvisto é desejar alguém da mesma idade, o que é malvisto e penalizado é não ser homossexual, os homens se casam entre eles ou são condenados, os pequenos devem ir com as mulheres adultas às tendas para treinar e satisfazer seus futuros parceiros e, acima de tudo, os filhos devem ver seus pais fazendo sexo. Com isso termino porque os canso e já anoitece sobre os esgotos onde os apaixonados jogam suas correntes.

Mas eu não me lanço como aquele réu que se atirou de cabeça ao promotor. Não me ponho a colapsar diante da sentença nem a tomar veneno em cápsula de um trago só. Acho que isso devia ser percebido, não digo festejado, mas levado em consideração, não faço o show de ataque epiléptico na sala. Uma vez, quando eu tinha dezessete anos, bati tanto num jovem que ele ficou sem poder comer, foi internado e alimentado por sonda. Passei na frente do juiz, pestilento como estava, e olhei-o bem nos olhos, como agora, três décadas depois, estou olhando para a senhora. Daquela vez, fui condenado a um mês de serviço comunitário. Passei todo o tempo varrendo com um escovão as folhinhas em frente aos hospitais para crianças com patologias raras. E o que eu aprendi. E o que os castigos e as advertências me ensinaram. A ser gentil da maneira certa, com certeza não, mas a vingar as injúrias, não me ensinou a mergulhar no rio aquele que ama a água, apenas a erguer bem alto a cabeça para ver o condor.

O esquecimento é a grande empresa de construção, você tem que trabalhar de sol a sol e pior, os dias não são suficientes para tentar relegar o passado, mesmo que eu só trabalhe duro e nem me distraia respirando entre as barras de ferro, tenta-se esquecer mas nunca se esquece. A besteira do dogmatismo, estou minado, o abatimento, aquilo que quebra as pernas e evapora a vista, a fuga de tudo o que foi semeado. O amor e os tempos do amor pautados, tutelados, ideologizados. As bobagens do sexo e as ordens para gozar, gozem agora, gozem assim, fodam assim, engulam assim e que isso lhes baste. Os norte-coreanos que conseguem escapar dos balaços chegam finalmente ao Sul, ficam enlouquecidos por poder andar livremente, não sabem o que é, o que importa, mas imaginam que deve ser algo bom, então entram obnubilados num shopping center pela primeira vez, andam olhando as vitrines até que se veem no reflexo de uma delas e pulam do último andar em direção às escadas rolantes.

Caminho no indefinível, minha boca, meu palato e minha garganta tornam-se a terra mais árida. Uma aridez que logo descobrirei mais adiante. Minhas noites, mesmo iluminadas pelas luzes artificiais da grande cidade, são ilegíveis. Me cai bem, serve para andar por este quadrado que é minha ratoeira. Já não existo desde que me privei. Ainda uma sensação única criada só para mim, viver sem viver. Existir sem existir. Ponto positivo que multiplica as reflexões mas também os delírios. O carcereiro me chama para fazer uma revista. Eu não respondo. O que há além de uma vida de suplício? Serei liberado deste planeta. Vinte dias sem água, esquecido numa masmorra por ter me recusado a ser revistado. Também é possível resistir chupando paredes. Me informam que não posso nem apelar, você sabotou meu cu e minha vida inteira, sociedade. Uma vez que homens, mulheres e meninos judeus foram metralhados e jogados no poço, mortos ou feridos, a terra que os cobria continuou a tremer. Os últimos movimentos dos feridos. Na mesma cova onde dezenas e dezenas de outros judeus haviam sido jogados, definitivamente mortos porque tinham terminado com a pistola, eu me aproximei com curiosidade e vi um buraco na terra cobrindo o poço, o sangue jorrava continuamente como uma fonte. Responder aos interrogatórios assim como voltar ao pelotão. Vou processar a polícia mas antes saibam que nego tudo. Eu não tenho consciência, não me preocupo. Quando era pequeno queria um irmão, eu o queria e meus pais tinham me prometido. Uma parte de mim queria que ele viesse ao mundo, ter alguém para que estivesse sempre comigo, um irmão que sacrificasse sua vida para continuar vivendo juntos. Dois veteranos num trator com as insígnias e o uniforme, com nossas pás e nossas ferramentas cantando o hino numa língua estrangeira. E cortaríamos lenha, juntos, um o golpe, o outro o talho, e poderíamos beber The Glenlivet até adormecermos cada um na sua cadeira de balanço e poderíamos nos beijar de tão bêbados. Já sem pais, porém mais juntos do que qualquer casal, unidos pelo mesmo cordão para voltar para casa cagados de tão felizes. Alguém que depois, já velhos, acabando de sair do quarto eu pudesse bater com as muletas para pedir um chá, morfina, um pouco de presunto cru. E um dia na sala de janelas abertas um infarto. Então, sim, quando morre a última pessoa que nos controla, ficar completamente entregue à minha própria sorte, assim como aqueles decrépitos que vemos demorando horas para descer um degrau, tão solitários quanto aqueles cachorros abandonados na estrada, como a viúva num sábado esvaziando os armários. Livres de toda inspeção, de toda suspeita, de todo interrogatório, de toda domesticação. Assistir a um pôr do sol na areia, pegar um punhado e deixá-la escorrer pelos dedos, já todos enterrados, começar a viver.

Efeitos da miragem carcerária, aparece uma garota com aquela máscara de oxigênio de tecido verde me dizendo durante os alertas que ela era muito jovem para que o papai a cheirasse, embora tenha tentado sem muita sorte, e ela era grande demais para os meus oito. Depois tornei a vê-la e ela estava com a febre das montanhas rochosas. Arrastada pelo fluxo de um motel para o outro se não conseguisse excitá-los sentia-se um nada. Ela gostava de experimentar, que a endorfina passasse pelo seu corpo, que a chicoteassem, tapas na bunda, se encher daquela prática, enchê-la até a borda, queria ser dançarina de cabaré, queria ter sucesso e ver sua figura em todos os cartazes. No fim a encontraram no meio do campo, uma mina a explodira. Com a dela também terminou minha infância e eu já estava embarcando nos trilhos da puberdade, foi assim que começaram meus dias de menino solto, como um verme, como um castor, um pequenino que a cada dois por três sacava a pistola e apontava para a própria cabeça.

Você se levanta diante de um céu tranquilo. Atrás de um castelo que foi vulcão e um fosso com duzentos e cinquenta mil vidas. Todo cemitério todo necrópole. Ouve-se o ar vibrando. Passo a noite delirando e delirando numa execução pública agora transformada em passeio comercial e natalino em Edimburgo. As pessoas compram. Não sei se estou louco. Acho que sim, mas digam-me vocês, meu público, devo isso a vocês, meus fãs com bandeiras que aclamam meu nome, as pessoas compram, nas inumações, nas pragas, nos atentados, as pessoas compram ou estou louco, me digam. Esta deveria ser a loucura, a musiquinha de Natal do trem-fantasma, não senti prazer rasgando a vagina da garota até fazê-la esguichar. Não senti nada, se não senti nada não pode ser considerado crime.

No dia de hoje, ele é culpado das acusações de sequestro de um menor, abuso com perfídia e homicídio qualificado de primeiro grau. Todas as dúvidas sobre sua culpabilidade foram dirimidas durante o último julgamento. Outorga-se a ele o direito ao uso da palavra pela última vez, pois o réu não tem um advogado ou pessoa qualificada para falar em seu nome.

A avó e os parentes da vítima se precipitam sobre mim. Usam camisetas com meu rosto estrangulado. Querem me matar nesse assédio permanente de moscas-varejeiras... minha neta está morta, assassino, esse sujeito tem que ir para a cadeia, esse sujeito que pare de falar de uma vez por todas. Ele quer se fingir de louco, não estava louco quando montou em cima dela, não estava louco quando se atirou nela e a esmagou, e agora está? Minha neta antes existia e agora não existe, você assassinou minha neta, por nada. Ela queria correr, se afastar, é como continuar atirando nela pelas costas, você continuava atirando. Você não tem memória, sua memória evaporou? O que você lembra da sua morta. Para ele aquela noite não significou nada, meritíssima, ele não tem nenhuma lembrança dela, foi mais uma noite, fez parte do seu desejo individual, do seu tédio, da sua depressão putrefata, mas para nós era tudo. E ainda se atreve a ter essa expressão imutável, não nos oferece sequer um esgar de arrependimento. É pior que um animal de criadouro industrial, espero que vá para o inferno ao qual pertence. Estão vindo pra cima de mim, meritíssima, vão me matar, me acusam de esterilizar negros, de ser marginal, de ser insurgente. A moral não é meu tema, a moral é um fenômeno de vocês, cuidem para que isso lhes pertença porque vocês a pregam. Para vocês eu caí do céu, não amo ninguém, essa velha avó ainda ama a neta mais do que jamais amou a própria filha, mais, com certeza, do que a teria amado se não estivesse morta. É patético, mas nisso eu a ajudei sem querer, a amá-la mais, a amá-la melhor, a amá-la de verdade. Eles choram me chamando de cachorro, diabo, monstro, porque amam. Não sei que preconceito pode haver no fato de eu não ter nenhuma expressão diante deles, de não poder chorar nem gritar de dor, de só ter um olhar neutro. Amei tanto que fiquei sem horizonte, amei tanto que agora nada mais me resta a não ser abrir o ânus e receber os dejetos fecais, amei tanto uma vez que até mesmo aqueles aos quais disse amar, mesmo quando eu sorri, quando beijei, depois, quando juntei as mãos em oração, toda aquela invenção do prazer humano ao lado do fogo, tudo era infâmia. O linchamento desta época é tão penoso que não vou cruzar fronteiras com outro nome, entrar em trens com documentos falsos, absorver ou pagar em esgotos clandestinos e brumosos. Esta época é tão penosa, o que esta época faz com o desejo é tão maligno tão prejudicial que nem sequer vão me enforcar com a insígnia, aqui fico, apagado. Cale a boca, cale a boca agora, deus, cale a boca e pare de fingir que é louco, ela já não existe e esse tagarela continua. A polícia me tira do local aos golpes e algemado. Mas ele não está louco, não está louco, ainda gritam, não está.

Ela foi estuprada com um objeto pontiagudo e ficou com ferimentos na uretra. Depois do ataque foram encontrados ferimentos nos órgãos sexuais e no sistema urinário, uma fratura na perna e feridas suspeitas. E ele ri, ele está rindo, meritíssima, vamos desfigurá-lo. Não estou rindo, onde vocês estão vendo isso? O que vocês chamam de riso, tudo é riso?

Não sabem ver um rosto, não estou tendo nenhuma expressão porque não estou sentindo nada agora. Entendo que não posso nem pude fazer algo com a história que sempre olha para as mesmas vítimas sem virar a cabeça. Ficam hipnotizados com o bebedouro de sangue e não veem que avança e passa sob seus sapatos. Como sempre saí do tom e me acostumei a que se espalhe ao meu redor a indignação e o desespero, não rio e não faço uma careta de dor. Não espero aplausos e também não me incomodo com os assovios. Quando vejo meus pais voltando das compras ou saindo para um passeio dominical de braços dados sem saber se estou vivo ou se caí da cama e ninguém mais veio ver meu cadáver ou arrombar minha porta para me dar um enterro digno com discurso e cortejo, digo a mim mesmo que tudo é culpa deles. Do que fizeram comigo quando já não tinha rosto de criança mas ainda era eu, continuava sendo filho deles, continuava perdendo dentes debaixo do travesseiro, procurando moedas ao amanhecer quando você vinha me buscar. Não vi a garota caminhando aos tropeços, não vi absolutamente nada naquela noite tenebrosa, só minhas velas iluminavam algo no casebre mortuário. A culpa é dela quando me deixou, eu a julgo por isso, por ter desencadeado a amoralidade sentimental. Ninguém merece ser abandonado, eu não sinto nada pela minha família, meus pais a destruíram mudando de identidade. Também tenho lesões em distintas zonas do corpo e também tenho pesadelos constantes e secreções que não são normais nos meus órgãos genitais. Também tenho problemas para pegar no sono e dificuldade para conseguir sentar e andar e faço toques indevidos e sou retraído por causa dos meus agressores, mas aqui estou eu mostrando a cara.

Vamos ler uma mensagem que acaba de chegar às nossas mãos. "Somos apenas pais, e não cúmplices do acusado. Nós sofremos pelo que ele fez. Queremos tomar parte civil no julgamento porque nos consideramos suas vítimas. Sofremos vandalismo e buscas na nossa residência. Acreditamos que não merecemos isso, apenas pedimos a este honorável Tribunal que vivamos nossa velhice serenos e afastados do barulho midiático, para isso trabalhamos arduamente toda a nossa vida, e não é para colher essa desonra que tivemos filhos. Não temos culpa de ter tido um filho assim, não foi este o filho que educamos e o consideramos um desconhecido. Os filhos se convertem às vezes em anônimos, um dia pegam o caminho errado e nos traem. A imprensa fica parada dia e noite em frente à nossa casa, estamos com problemas cardíacos e não podemos nem ir ao mercado, os vizinhos não nos dirigem a palavra, pintaram nossa porta, a velhice deveria ser uma ilha pacífica. Teremos que nos mudar para nunca mais voltar, sair de casa com a roupa do corpo deixando todos os nossos pertences."

É exaustivo me despedir da minha vida da mesma forma que me despedi do desejo. São cordas que brilham e esmorecem, escurecem e têm sempre a mesma conotação como o barulho de ferro das latas de lixo anunciando a chegada do dia. Um som fuliginoso e transbordante. Como teria sido minha vida com a emoção física de tocar, o verdadeiro sentimento, a emoção material de irradiar harmonia. Como teria sido abandonar o piano para servir ao exército e que um general nazista me ouça e me tire do perigo para que eu me dedique à música. Roubar a vida de Cziffra capturado pelas tropas inimigas e continuar mesmo com ferimentos nas mãos, sem violar nem investir num corpo agitado, sem matar, esse fato convencional, finalmente, sem ciúmes, sem juventude, que importaria ser velho. Mamãe, uma vez você me disse que dentro de você eu ouvia os hierarcas em transe diante da ópera, você sabia que isso me reservava um destino sobrenatural, você sabia que eu ia poder tê-lo porque isso era fazer justiça, porque é isso que as vítimas fazem com a intimidação, reinventar toda a arte que eles idolatram, separar-se deles.

Do lado de fora da minha casa deve haver bichos mortos, fraldas sujas e bicicletas novas sem uso, tantas vezes ensaiei uma longa homenagem aos meus pais escrita em papel diante dos seus túmulos, sei de cor, cada modulação, mas os genitores continuam vivos em alguma cidade próxima de um rio.

Como em todo crime a verdade é inalcançável, isso lhe confere ainda mais emoção, não é a justiça que nos aproxima, mas a diversão e a morbidez, cada vez que um dos acusados é levado ao patíbulo, cada vez que o amarram nas suas cadeiras artesanais ou o enfiam num tubo de gás improvisado, cada vez que procuram a veia mais saliente para a injeção letal deixam ir um mistério. Deixam ir a história, deixam escapar uma forma de verdade que estava a um passo de lhes ser revelada. Podem gritar quantas vezes seus pulmões aguentarem, podem medir a cabeça do acusado e fazer experimentos com seus testículos. Perdi partes da minha memória mas sei que numa audição quase caio nas teclas, fizeram sinal para eu subir ao estrado, minhas mãos tremiam, tentava não olhar para elas, tentava me sentar e fazer a reverência ensaiada, mas a ordem de começar foi dada e minha vida correu como uma travessia de esconderijos, portas traseiras, empilhadeiras secretas e todas as maneiras possíveis de passar despercebido até acabar nesta aldeia. Não sei como toquei mas quando terminei meus pais tão bem-vestidos estavam esperando do lado de fora, e foi vê-los e entender tudo.

Eu não pensava na menininha, em me mover como um roedor, em fazê-la sangrar, em torná-la turva, lunática, parva e que com pouca idade entre no quarto dos pais com uma arma. Não estou pensando em satisfazer essa coisa durante setenta anos entre as pernas como o mais antigo dos relógios de pêndulo da estação de Orleans. Eu me importava com a melodia que perfurou sua mente quando compôs sua "Valsa do minuto". Que tipo de pessoa poderia desejar o desaparecimento de outra? Vocês sim querem meu desaparecimento. Não deveriam sentir pena de mim mas também não deveriam ser hostis. Foi um fósforo que incendiou uma floresta, eu queria ajudar, estar do lado do bem, do que eu acho que é o bem. Vocês estão assinando minha sentença, isso é inconstitucional, vocês expatriam meus pertences, se apropriam deles, vocês querem me apagar, me deixar sem documentos. Mas eu prefiro proezas a palavras, portanto, se me permitissem viver, eu poderia demonstrar-lhes o que um homem corajoso pode fazer, até mesmo os velhos, o homem é tão desconcertante quando faz sua entrada triunfal. Olho para um pinheiro que fica defronte à minha cela. Está parado diante de mim. Eu me pergunto se existe uma maneira real de amar algo. Os cabos pendem e fornecem eletricidade para a prisão inteira, posso sentir as vibrações. Está tudo queimado ali, tudo menos uma lua vermelha lá adiante, alguém vai poder vê-la, mais alguém saberá ver o que é. Vem a contagem, é preciso ficar de cócoras e andar como um macaco.

Visitava meus pais apenas de vez em quando, morávamos em cidades distantes então íamos nos encontrar em bares de indigentes nos subúrbios em que tomávamos café queimado e, quando saíamos, tínhamos os dentes marrons. Eles estavam fracos e eu não era sequer um bom partido. Foi nessa época que comecei a estudar História, mostrava-lhes os livros sublinhados, citava alguns pensadores, mas eles remexiam o açúcar, pediam alguma *pâtisserie* com as bochechas coradas e realmente não se interessavam nem um pouco. Nós três passávamos uma noite de chuva e rajadas num daqueles bares com balões e cartazes com ofertas, e eu não conseguia manter uma conversação por mais de dois minutos. Meus pais viam que eu gaguejava e fazia rodeios, que evitava falar do importante, que mentia, que não tinha pagado o café *gourmand* e que a moça da caixa registradora já havia feito sinais. Não me perguntavam se eu estava tocando, se tinha encontrado um professor na cidade, mas olhavam para minhas mãos e baixavam a vista. Eu queria tanto que eles pudessem ver um grande futuro nos meus dedos, nos meus movimentos, nas minhas articulações. Eu falhando em muitas notas quando não estou tendo um bom dia e ainda assim, para o mundo inteiro, um símbolo do espírito da música acima de tudo. A leucemia de Lipatti nunca freou seus dedos, mas eu já não tenho nada a oferecer, dei tudo nos anos dos *bunkers* entre fogos cruzados, se é que dei algo. Um passado em estábulos fugindo das autoridades e noites sem dormir no seio materno entorpecido, ido, na minha boca seu cheiro de mamada, seus cabelos, seu leite perecível. E lá fora um pai que não se escondia para suas depravações e várias fogueiras simultâneas, irmãos caídos antes do tempo, irmãos que não chegaram a ser, irmãos sem nomes nas lápides, mas essa é a biografia de todos, mas isso nas biografias perdidas dos que foram comerciantes, industriais, agrônomos, dentistas registrados com consultório no centro ou vendedores de alavancas, talvez eu também não tive esse passado, não sei mais. Perguntar para quem. Nem esperavam que eu tivesse um rebento por minha vez e ampliasse a genealogia, não esperavam grande coisa, eu acho, com as mãos no copo de plástico e limpando a mesa com o único guardanapo. Agora vou pagar a menina do caixa, estou com as moedas, observo-os ir embora através do vidro, esses dois são meus sabotadores, não aqueles de uniforme, não o inimigo com patrulha. Eu não me importo se é num ou noutro endereço onde vivem sua nova vida, não tenho nem ideia de onde eles serão enterrados quando isso acontecer e também nem me importo. Sempre digo a mim mesmo antes de dormir, ela mora em algum lugar, ela mora em algum lugar. Temos uma relação fria, a vida é fria. Acho que somos três estranhos, eles e eu. Os filhos não gostam dos pais, nem os pais parecem gostar dos filhos. Quando crescem tudo piora, e é preciso disfarçar na frente dos empregados, mas agora os vejo através do vidro com cardápios de café da manhã e gostaria de correr para o carro deles, entrar, passar o cinto de segurança na cadeirinha. Naquela noite de alerta laranja as árvores voavam e a fiação se soltava dos postes. Com as casas transformadas em ranchos nos despedimos, dois míseros beijos de cortesia em cada bochecha e uma inclinação reverencial da cabeça sob as boinas e os gorros de lã. Quando me sentei ao volante, ainda no estacionamento escuro, pareceu-me que ela queria me dizer alguma coisa do banco do passageiro do papai, mas seu carro arrancou. Eu dirigi numa fuga pela cidadezinha sinuosa de Villechaud observando o ar circundar a lua como se quisesse matá-la.

Ninguém tem um filho com alguém, cada um dos pais tem um filho com um doador, os filhos aprendem a imitar e, se seguirem o mesmo caminho, o farão com os seus. Cada um o procria e o embala em quartos diferentes. Penso no nascimento como um disparo em massa, como um grito atrás de portas fechadas, como uma ave de rapina que vai de uma árvore a outra balançando os galhos e o rio escuro se dissipa nos troncos. Como um presente envenenado. Vejo o nascimento como um condenado que engole uma meia em sinal de protesto e o guarda o deixa iniciar o caminho de uma morte lenta, órgão após órgão, suplício após suplício. Meus pais se transformaram nos meus delatores, estou sem respaldo. Eu nasci normal, sem nenhuma doença degenerativa. Hoje estarei morto e não vou surpreender ninguém, mas não é que se espantem diante dos outros caídos, passam rapidamente as expressões de surpresa, um comentário antes ou depois do clima e tudo terá passado mais rápido que o barulho de uma gralha, os pais nem sequer choram enterrando os filhos. Saquearam minha casa, os objetos para a feira de quinquilharias e o resto para os hangares dos vizinhos, logo a alugam para a próxima temporada, acabam com meus bichinhos, dilapidam meus documentos, devastam minhas plantações e queimam o restante em arcos de fumaça tóxica subindo a colina. Já cortam as toras para se aquecerem rapidamente, para não bater as botas congelados como raposas em pé. Viver, viver, viver como automóveis desgovernados. Meus pais não vieram para as alegações finais, quem sabe a essa altura eles sejam jogados debaixo de um trem ou ainda por cruzar os braços sejam cuspidos pelos jovens punks da estação. Empapelaram sua cidade e as aldeias vizinhas com meu rosto e a lenda; coisas ditas de passagem, cartazes com meu retrato falado no mercado, nos correios, nos centros de recreação infantil, na escola técnica, nas pontes do canal e nas fábricas soviéticas com grafites dos prisioneiros. A pederastia, o assassinato, é outra versão do amor ou é igual ao amor que me propõem. Vocês estão rindo no meu julgamento, ouço os gemidos e os gestos, encorajo-os a fazê-lo sem pudor, o riso populista e preparado. Ter sido filho de dois que me levavam a cometer atrocidades me tornou este que vocês veem, ter saído de dois que não tiveram empatia. Mas não sou menos fanático que vocês. Meus pais me balançavam de um braço alto para o outro como uma cantilena de milícia, não se pode fazer nada além de passar o tempo tentando desertar, e mais uma vez eles me jogavam de novo. Eu me apresso porque sei que a funcionária de plantão vai chegar e me levar pelo ombro me dando cascudos, o que mais se pode fazer com os velhos além de empurrá-los a tapas e obrigá-los a tirar uma soneca longa. Este é o Velho Oeste, eu era um homem, mas agora é a vez deste lugar tão plano como aquele que dorme na sala de espera do hospital onde nasceu, meu nascimento pressagiado por um arco-íris e duas andorinhas. O Estado está me liquidando diante dos seus olhos, vocês me eletrificam, vocês mais do que eles, isso não lhes devolverá a menina mártir, nem a bondade desses animaizinhos selvagens, nem conseguirão fazer os cachorros falar, eles que conhecem toda a verdade. Eles me sentam e me amarram na cadeira, que vou estrear, tenho a honra, a comunidade a financiou, deixaram tudo pronto para mim. Eu me apresso e paro de conferenciar, mas antes me sodomizem.

O que estou fazendo aqui, promotor? O que estou fazendo? Como vim parar? Como eu vou estuprar? Por que vocês julgam a mim e eu não os julgo? Por que você não se senta? Eu lhe dou o lugar. Era só o que faltava. Por que continuo amando minha mãe tão vingativa? Eu também teria várias penas a ditar. Se ao menos os corretivos de antes estivessem em vigor, não só eu não estaria aqui como eles viriam deixar flores na porta da minha casa. Ouço algo parecido com gritos e ao mesmo tempo silêncio, uma espécie de silêncio alucinante, mas vem de mim. Vocês que me observam de perto não merecem viver mais do que eu. Vocês aí com cartazes de comemoração pendurados entre as casas e soltando balões o que vão fazer quando saírem do recinto, para onde irão, o que vão pensar esta noite, o que vão cantar, quantas vezes mais vão dizer as mesmas coisas acreditando-se homens. Eles me levam, já passam para a ação, não houve indulto, não me arrependo de nada, toda acusação é um plágio e todo o meu rancor é legítimo. Se agora mesmo eu começasse a matar pessoas, não restaria ninguém vivo.

Sobre a autora

Ariana Harwicz nasceu em Buenos Aires, em 1977, e mora no interior da França desde 2007. *Degenerado*, publicado originalmente em 2019, é seu quarto romance. Harwicz é também autora de *Morra, amor* (2012), *A débil mental* (2014) e *Precoce* (2015) — os quais formam a chamada "trilogia involuntária" sobre maternidade e paixão. Seus livros foram adaptados para o teatro na Argentina, Espanha e Israel e para o cinema nos Estados Unidos, em 2021. É coautora de *Desertar* (2021), no qual discorre sobre literatura, tradução e deserção da língua materna com o escritor francês Mikaël Gómez Guthart.

A versão em inglês de *Morra, amor* (*Die, My Love*) foi indicada aos prêmios Edinburgh International Book Festival First Book Award 2017, Republic of Consciousness e Man Booker International 2018; também foi finalista do Best Translated Book Awards-BTBA 2020. Sua tradução alemã, *Stirb doch, Liebling*, concorreu ao Internationaler Literaturpreis 2019.

Harwicz teve contos publicados em importantes veículos internacionais, como *Harpers*, *Granta*, *Letras Libres*, *Babelia*, *The White Review*, *Brick*, *Paris Review*, *The New Yorker*, *La Quinzaine littéraire*, *Quimera*, *The Guardian*, e em antologias na Argentina, México, Espanha, Estados Unidos e Israel. Suas obras foram traduzidas para os seguintes idiomas: alemão, árabe, croata, finlandês, francês, georgiano, grego, hebraico, holandês, inglês, italiano, polonês, português, romeno, sérvio, turco e ucraniano.

Direção Editorial: **Silvio Testa**

Coordenação Editorial: **Carla Fortino**
Revisão: **Andressa Veronesi** e **Fabiana Medina**
Capa: **Luciana Facchini**
Ilustrações de Capa: **Luiz Lira**
Tratamento de Imagem: **Carlos Mesquita**
Diagramação: **Estúdio Dito e Feito**

1ª Edição: 2022

Dados Internacionais de Catalogação na Publicação (CIP)
(Angélica Ilacqua CRB 8/7057)

Harwicz, Ariana.
Degenerado : romance / Ariana Harwicz ;
tradução de Silvia Massimini Felix. – 1ª ed. – São Paulo :
Editora Instante, 2022.

ISBN 978-65-87342-26-9
Título original: "Degenerado".

1. Ficção argentina I. Título II. Felix, Silvia Massimini

CDD Ar863
22-1601 CDU 82-31 (82)

Índices para catálogo sistemático:
1. Ficção argentina

Texto fixado conforme o Acordo Ortográfico da Língua Portuguesa de 1990, em vigor no Brasil a partir de 2009.

www.editorainstante.com.br
facebook.com/editorainstante
instagram.com/editorainstante

Degenerado é uma publicação da Editora Instante.

Este livro foi composto com as fontes Arnhem e VG5000 Regular e impresso sobre papel Pólen Bold 90g/m^2 em Edições Loyola.

FSC
www.fsc.org
MISTO
Papel produzido a partir de fontes responsáveis
FSC® C008008